Sonderausgabe, Oktober 2018

Herstellung und Verlag: BoD - Books on Demand, Norderstedt

Schrift: Verdana

Covergestaltung: Hans-Jürgen Reichelt

Originalausgabe: Scheune Verlag Dresden, 2004

ISBN: 9783752829396

KLAUS FUNKE · Kammermusik

Klaus Funke

Kammermusik

Novelle

Der Autor:

Klaus Funke, geboren in Dresen, legte das Buch "Kammermusik" 2004 erstmalig vor.   Seither vielfach besprochen und rezensiert. Es ist Funkes erster Bestseller. Danach wandte er sich dem Musik- und Künstlerroman zu. Es entstanden in kurzerr Folge erfolgreiche Werke wie "Zeit für Unsterblichkeit" – "Der Teufel in Dresden" – "Am Ende war alles Musik" – u.a.

Neuerdings veröffentlicht Funke auch Krimis und Thriller.

Ein Wort zuvor

Die Handlung und die darin vorkommenden Personen sind frei erfunden, wie auch manche Handlungsorte verändert und dem Zweck des Buches angepasst sind.
Jede Ähnlichkeit mit lebenden oder toten Personen ist zufällig.
Sollte man über das Buch streiten, so war das meine Absicht.

KLAUS FUNKE

Dresden, im September 2003

Kein Künstler wünscht etwas zu beweisen.

Oscar Wilde

Während die Besucher des Kammermusikabends noch im Saal stehend sich leise unterhielten, im Foyer rauchten, hin- und hergingen oder in ihren Programmheften lasen, saß ich auf einem der Polsterstühle gleich neben dem linken Seitengang und beobachtete meine Schwester, die sich vor der niedrigen Bühne stehend mit Stefan Bosel unterhielt, jenem Bosel, der gemeinsam mit den Mitgliedern des nach ihm genannten Bosel-Trios in wenigen Minuten auf der Bühne die beiden Klavier-Trios von Franz Schubert, nämlich D.896 in B-Dur und D. 929 in Es-Dur zu Gehör bringen würde. Auch ich kannte Bosel, aber wir hatten uns, nachdem wir einige Zeit an der hiesigen Hochschule gemeinsam studiert hatten und Bosel auch in unserem Hause verkehrt war, aus den Augen verloren; besonders als ich die Musik an den Nagel, wie zu sagen ist, hatte hängen müssen, sind wir uns nicht mehr begegnet. Das können beinahe schon zwanzig Jahre her sein, dachte ich auf dem Polsterstuhl im Gobelinsaal vor Beginn des Kammermu-sikabends, denke ich jetzt liegend auf dieser harten Pritsche mit der weiß-blau gemusterten eingerollten Decke am Fußende. Und meine Schwester sprach mit diesem Bosel, ich sah ihnen zu und mir fiel ein, wie sie vor ein paar Tagen am Telefon gesagt hatte: Stell dir vor! hatte sie aufgeregt in den Hörer gerufen, ich habe Karten für das Bosel-Trio am Donnerstag. Bosel?? hatte ich zurückgefragt. Ja, der Stefan, den wirst du doch noch kennen, sagte sie mit aufgesetzter

Fröhlichkeit. Ja, natürlich, hatte ich etwas gedehnt geantwortet. Wenn ich, so dachte ich auf dem Polsterstuhl, nicht zu Hause gewesen wäre, sondern in Wien, wo ich eigentlich hätte sein sollen um diese Zeit, aber nicht hingefahren war, weil der Sinnlhuber, mein Verleger und Auftraggeber, mir abgesagt hatte, kurzfristig, wie immer, dann hätte meine Schwester mir nicht die Bosel Karte anbieten können und mir wäre die ganze Bosel Erinnerung nicht angekommen, so wie sie jetzt, wie ich auf dem Polsterstuhl im Gobelinsaal dachte, auf mich einzudrängen beginnt.

Und ich hatte all die Jahre kaum an ihn gedacht, an ihn auch nicht denken wollen, er war fast vergessen und wie von Ferne hatte ich Rezensionen, Kritiken und Nachrichten von seinem Auftreten in Europa und in Übersee in mich aufgenommen, ja, mir schien es, so dachte ich auf dem Polsterstuhl, dass ich um so erleichterter gewesen war, je weiter weg ich ihn wähnte. Wie er jetzt mit meiner Schwester zusammenstand, dort vorn, vor der niedrigen Bühne, die eher einem Podest glich, sah er gealtert und abgearbeitet aus mit eingefallenen Schläfen und müden Augen, das Haar gelichtet, er, den ich einmal mit Siegfried, dem Germanenhelden verglichen hatte, der blond mit zupackenden blauen Augen, breiten Schultern und seinem verführerischen Lächeln der Mittelpunkt unserer kleinen Studentenschar gewesen war. So sah ich ihn, wie ich mich auf dem Polsterstuhl sitzend erinnere, damals gleich zu Beginn unseres Studiums in der Aula sitzen, unter den anderen Studenten, wartend auf den Rektor, der uns die Begrüßungsansprache halten sollte, und er ist mir wie ein Leuchtpunkt, wie ein Solist unter lauter Chorsängern vorgekommen, ich konnte nicht anders, ich musste mich andauernd nach ihm umblicken und ich tat das solange, bis er es bemerkte und mir sein Lächeln zusandte, jenes Lächeln, für das er später, neben seiner unglaublichen pianistischen Begabung berühmt werden sollte, dieses Lächeln, das Mädchen und Frauen jeden Alters, aber auch Männer dazu trieb, sich vor seiner Künstlergarderobe oder an den Bühnenausgang in langen Reihen anzustellen, nur um ein Autogramm zu bekommen und dabei, das schien ihnen, wie ich auch jetzt noch denke, die Hauptsache zu sein, nämlich von ihm angelächelt zu werden. Oft habe ich überlegt, was das Geheimnis dieses Lächeln gewesen ist, und einige Male stand ich daheim im Badezimmer vor dem Spiegel und habe versucht, ebenso den Mund zu verziehen, die Augen erstrahlen zu lassen, den Kopf ein wenig vorzuneigen, also alles genauso zu tun, wie er es tat, wenn er lächelte. Aber ich gab es schnell wieder auf, denn aus dem Spiegel grinste mich nur mein bekanntes rundes und langweiliges Gesicht an. Ich sah meine glanzlosen Augen, den schlaffen Mund und das damals bereits schon künftige Fülle anzeigende Kinn. Ich würde niemals ein Stefan Bosel, im Lächeln nicht, wie ich auch seine Brillanz und Leichtigkeit, sein geniales Klavierspiel nie erreichen, ja es nicht einmal nachahmen können würde.

Und ich blickte zu Bosel hin, von meinem Polsterstuhl aus, während die Konzertbesucher allmählich ihre Plätze suchend und sich niedersetzend die Stuhlreihen füllten, und ich sah, wie meine Schwester eigentümlich verspannt vor ihm stand, wie sie ihm gebannt auf den Mund schaute, wie ihre Augen diesen abenteuerlichen Glanz bekamen, wie ihr sogenannter Geigerfleck, dieses Wundmahl aller Violinisten, sich dunkelrot verfärbte, und wie sie Zeit und Raum um sich her zu vergessen schien, nicht bemerkend, dass der Inspizient schon zweimal von der Seite her, aus dem einen Spalt geöffneten Vorhang hervor, Zeichen gemacht hatte, man möge das Gespräch nun einstellen, sie solle auf ihren Platz gehen und Herr Bosel möge hinter die Bühne, oder besser hinter den Vorhang kommen. Denn auch dieser, der Bosel, das sah ich von meinem Polsterstuhl, machte keine Anstalten das Gespräch zu beenden, er war angeregt und ein Anflug jenes Lächelns, von dem ich sprach, umspielte seine Lippen. Denn auch meine Schwester gehörte damals zu seinen Verehrerinnen, ja mehr noch, und ich konnte, so sehr ich es auf meinem Polsterstuhl sitzend wünschte, gerade diesen Gedanken, diese Erinnerung nicht unterdrücken, denn sie war, wie mir schmerzhaft bewusst wurde, eine Zeitlang seine Geliebte gewesen.

Sie hatten sich verabschiedet, sich die Hände gegeben, und mir war aufgefallen, dass Bosel die Hand meiner Schwester einen Augenblick zu lange in der seinen gehalten hatte, dann war er hinter den Vorhang und meine Schwester zu ihrem Platz gegangen. Der Vorhang glättete sich, hing wie vordem unbeweglich und schwer herunter, meine Schwester setzte sich neben mich. Einige Augenblicke später betrat das Bosel Trio die Bühne. Bosel kam als letzter, vor ihm schritten der Geiger, ein Moshe Rosensteyn aus Tel Aviv, wie ich im Programmheft gelesen hatte, und der Cellist, Thomas Laxberner, ein Österreicher, sie traten auf das halbrunde Podest, das als Bühne diente. Man ordnete die Noten, eine blasse Rothaarige, kaum Zwanzig, offenbar Studentin, kam bescheiden und, wie mir schien, etwas verlegen hinzu und setzte sich neben Bosel an den Steinway. Dieser gab dem Geiger und dem Cellisten mit dem Kopf ein Zeichen, dann schloss er für einen Moment die Augen...

Wie damals, schoss es mir auf dem Polsterstuhl sitzend durch den Kopf, schon bei seinem ersten öffentlichen Vorspiel als Student im holzgetäfelten Musikzimmer einer alten Gründerzeitvilla an der Elbe hatte er so gesessen, die Hände nur Millimeter über der Tastatur des Instruments in Verharrung haltend, die Augen geschlossen. Damals hatte ich an Konzentration gedacht, daran, dass Bosel das Stück und die Noten im Kopf bereit machte, dass er sich und seine Gedanken versammelte, wie es zu nennen ist, aber ich glaubte nicht an Verstellung an, an Schauspielerei, an theatralisches Gehabe, und doch ist es schon in dieser frühen Zeit seiner Künstlerlaufbahn immer beides gewesen, nämlich das gedankliche Eintauchen in die Musik und gleichzeitig das Theaterspielen, dem Konzertbesucher den vergeistigten, von seiner musischen Mission durchdrungenen Künstler zu geben. Mir war solches verhasst, ich wollte Musik machen, in erster Linie für mich selbst, in mir selbst sollten die Klänge schwingen, die Töne meine Seele zum Klingen bringen, und hatte ich Zuhörer, so sollten auch die das empfinden, was ich empfand, aber nur Kraft meines Spiels und niemals durch äußere Effekte. Einmal, auch das ist ganz am Anfang unseres Studiums gewesen, war ich mit Bosel im kleinen Park, der unser Hochschulgebäude, einen grauen Steinkoloss, wie ein immergrüner Kranz umgab, unter Kiefern und hohen

Rhododendronbüschen umhergegangen und wir sprachen über die Musik und die Kunst, führten ein kluges und ernsthaftes, ein würdiges Gespräch. Du musst, sagte Bosel, von mir auf diese feierlichen Gesten vor seinem Spiel angesprochen, du musst, wiederholte er und lächelte sein Heldenlächeln, du musst, sagte er zum dritten Mal, dem Konzertbesucher das Gefühl geben, dass wir, die Künstler, in diesem Moment, wo wir unseren Vortrag beginnen, mit Gott oder unserem Genius, oder mit beiden (er lachte) in Verbindung stehen, dass wir uns konzentrieren, weil wir den Zuhörer achten, ihm ein fehlerloses, reifes Kunsterlebnis bieten wollen. Immer schon, sagte er, dachte ich auf meinem Polsterstuhl, Sekunden vor Beginn des Schubertschen Opus 100, ist jede Kunst, besonders die Musik, auch mit der ihr eigenen Geste verbunden gewesen, was ist ein Swatoslaw Richter ohne sein Schnaufen, was ein Gould ohne die gekrümmte Haltung und sein leises Mitsingen, ein Menuhin ohne die geschlossenen Augen und die geblähten Nasenflügel, was wäre Furtwängler ohne sein wirr fliegendes Haar, Konwitschny ohne die Ströme von Schweiß, Rostropowitsch ohne sein berühmtes Kopfschütteln oder Toscanini ohne die angstvoll aufgerissenen Augen – all diese Gesten zeigen die göttliche Verzückung, ja die Entrücktheit des Künstlers und sein Einssein mit dem Schöpfer. Glaub mir, sagte Bosel damals auf den Kieswegen neben mir hinschreitend, dachte ich, die Konzertbesucher wollen solches sehen, sie sind vernarrt danach. Sie wollen teilhaben an der Berührung mit Gott, die ihnen der Künstler bietet, sie ersehnen das Einmalige, die Hingebung, die nur wir ihnen geben können. Deshalb mein Lieber, sagte Bosel, dachte ich auf meinem Polsterstuhl, nur deshalb halte ich meine Hände vor dem Vortrag auf den Tasten in einer Art verzücktem Schwebezustand und schließe die Augen. Es dient mir und dem Kontakt mit meinem Genius und es konzentriert, wie mich, den Konzertbesucher, es lässt uns eine göttliche Gemeinschaft werden. Solches sprach Bosel zu mir und ich bewunderte ihn, das dachte ich auf meinem Polsterstuhl im Gobelinsaal, wie ich mich jetzt auf der Pritsche liegend erinnere.

Da erklangen die ersten Akkorde des Opus 100 und ich schloss die Augen. Kraftvoll, im Gleichklang der drei Instrumente setzte die Musik ein und schon die ersten Takte rissen mich aus meinen Gedanken fort, trugen mich hinüber in die fein gewebte Welt der Töne. Das männlich zupackende Spiel Bosels, der mit Leidenschaft, wie mir schien, die anderen anspornte, und der zugleich mit perlender Leichtigkeit, die man an ihm rühmte, die Tonläufe wie zarte aneinander gereihte Tröpfchen klingen ließ, der Schmelz der Violine und der warme Celloklang, dies alles zwang mich zu hören und zu fühlen, ja mir war es, als dringe die Musik mir nicht nur über die Ohren, sondern auch über die ganze Haut in die Seele, als atme mein ganzer Körper sie ein. Unwillkürlich, ich konnte es nicht hindern, ließ mich der hämmernde Takt des ersten Satzes und das immerwährende Parallelspiel der drei so verschiedenen Instrumente, alle Fasern und Bahnen meines Körpers im Takt schwingen, es hüpfte, es tanzte in mir, es zuckte und schwang; Kopf und Schultern fingen an sich zu bewegen, und auch meine Schwester, das spürte ich, war ganz gefangen, auch sie zuckte, bewegte sich, und als ich für einen

Moment die Augen öffnete, sah ich sie gebannt, nach vorn geneigt sitzen, als wollte sie, wie eine Katze, zum Sprung ansetzen. Zum Sprung, hin zu dem spielenden Bosel, dachte ich.

Wieder öffnete ich die Augen, sah nach vorn, der zweite Satz hatte begonnen, der vom Dialog des Pianos mit dem Cello lebt, während die Violine nur unterstützend mitzuspielen scheint, und der rötliche Schopf des österreichischen Cellisten verwandelte sich mit einem Mal in Marc Rüdrich, einen meiner damaligen Mitstudenten; ich sah seine blasse sommersprossige Haut, die geröteten Wangen, während hinter den aufgestellten Noten der Blondschopf Bosels auftaucht. Und auf ihrem Stuhl nach vorn gebeugt, wie eben jetzt neben mir im Gobelinsaal, sah ich meine Schwester, auf ihrer Stirn die steile Falte, die sich immer zeigt, wenn sie angestrengt arbeitet. Ja, die Drei hatten im Probensaal der Hochschule jenes Opus 100 von Schubert, das strahlende Es-Dur Klaviertrio gespielt, dachte ich auf meinem Polsterstuhl sitzend; ich war zufällig hinzugekommen, als ich eine Pause nutzend durch die Gänge der Schule gewandelt war. Jetzt erst, mit dem zweiten Satz, dachte ich auf meinem Stuhl, war es mir wieder eingefallen, was Jahre, was Jahrzehnte verschüttet gewesen war, herbeigerufen auch durch die eigentümliche Sitzhaltung meiner Schwester neben mir, an die ich mich wieder erinnerte, dachte ich, und die mich an jenes Spiel im Probensaal in der Hochschule hat denken lassen. Das also ist gewesen, dachte ich sofort auf meinem Polsterstuhl, das hat sie getrieben, die Schwester, die Karten für das Konzert zu kaufen, denn natürlich muss sie gewusst haben, was auf dem Programm stand. Sie wird es, sie muss es gewusst haben, dachte ich, und sie hat diesen Schubert wieder hören wollen, dieses Opus 100, mit dem alles begonnen hatte, dachte ich. Wie ein altes Bild muss diese Musik auf sie einwirken, nur stärker, nur suggestiver, nur kräftiger, mit Schubertscher Leidenschaftlichkeit, die er über die Jahrhunderte hinüber gerettet hat mit seiner Musik, dieser verfluchte Franz Schubert, dachte ich. Ja, hinüber gerettet hat er seine verdammte romantische Leidenschaftlichkeit, die in den Noten abgedruckt die Jahrzehnte überdauert, wie ein eingetrockneter Bazillus, und die wieder lebendig wird, wenn sie einer spielt, der genauso jung, genauso spontan und ewig verliebt ist, wie dieser Franz Schubert es damals war; wenn sie jemand intoniert, dessen Seele so leicht zu entzünden ist, wie es die seine immer gewesen war. Und meine Schwester ist so leicht entzündbar gewesen damals, dachte ich auf meinem Stuhl, und dieses Opus 100 im heldisch strahlenden Es-Dur, der Leibtonart des famosen Bosel, hat den ersten Brand in ihrer Seele gelegt. Damit hat es angefangen. Doch, ich habe es nicht gleich bemerkt. Ich stand und lauschte dem Spiel der Drei im Probensaal und war ergriffen, von den ersten Takten schon, von diesem verdammten Gleichklang, diesem untergehakten Spiel der drei Instrumente, der zwischen den Spielern ungewollt Solidarität und ein Gemeinschaftsgefühl erzeugt, wie ein gemeinsam gesungenes Marschlied. Man muss sich verschworen fühlen, dachte ich, wenn man diesen Schubert spielt, ganz und gar verschworen, als hätte man eine gemeinsame Tat, eine heldische Es-Dur Tat vollbracht, dachte ich. Und damals im Probensaal stand ich betäubt von der

Musik, vielleicht sogar mit offenem Mund, und dachte wie ein Handwerker nur an eine grandiose handwerkliche Arbeit; ich hörte Fehler, Ungenauigkeiten, Flüchtigkeiten, manch unsauberen Ton, jagende, zu schnelle Tempi, und wollte ihnen das sagen, als neutraler Zuhörer, als Kollege, aber ich übersah, dachte ich auf dem Polsterstuhl neben meiner Schwester im Gobelinsaal sitzend, dass der Schubertsche Bazillus damals schon in ihren Körper gefahren war, ich achtete nicht auf die langen Blicke, die sie mit dem Bosel tauschte, während sie den Cellisten Rüdrich wie einen Bruder, beinahe wie mich ansah; ich nahm Bosels berühmtes Lächeln für das, was es immer war, und entdeckte nicht, wie er sein Germanenfeuer in die Augen meiner Schwester senkte; auch, als sie nach dem Ende des vierten Satzes, und auch zwischendurch schon, Intonation, Tempi und vieles andere abstimmten, hielt ich das, was und wie sie miteinander sprachen, die Blicke, die Berührungen an Schulter, an Armen, am Kopf für Normales zwischen Musikern, die gemeinsam proben. Für gute Kameraden eben. Ich argwöhnte nichts, alles war normal, dachte ich.

Wieder schloss ich die Augen, auf dem Polsterstuhl im Gobelinsaal sitzend, denke ich auf meinem ungepolsterten Pritsche, und hörte die Musik, hörte, wie sich die Violine mit schmelzend schmeichlerischem Tönen um die klaren Akkorde des Pianos wand, sie umrankte, während das Cello nur kurz brav, fast verständnisvoll dazu brummte.

Mit meiner Schwester war nach diesem Schubert Spiel im Probensaal der Hochschule, dachte ich, während die Musik mir in Ohren und Haut drang, eine Veränderung vor sich gegangen. Manchmal zu Hause, wenn wir miteinander sprachen, stierte sie plötzlich blicklos in die Luft, oder sie lachte mitten im Gespräch, hörte einem nicht mehr zu. Träumte mit offenen Augen. Auf ihrem Nachtisch sah ich eine Biografie von Franz Schubert liegen, und sie sang Lieder aus der Müllerin, die sie noch vor Wochen als Kinderlieder bezeichnet hatte. Im Bad entdeckte ich Lippenstift und Lidschatten, und sie roch nach teurem französischen Parfüm, das sie heimlich aus Mutters Schminkschränkchen stahl. Ich zog die Nase kraus, sie lachte. Ja, sie lachte, aber ihr Lachen hatte nicht mehr diese Kinderfrische, dieses Unbekümmerte, nein, es war ein lockendes, girrendes Lachen, das sie an mir auszuprobieren schien, dachte ich auf dem Polsterstuhl im Gobelinsaal. Ich wunderte mich über ihre Veränderungen und war so eitel, dass ich damals dachte, sie tue es das wegen mir. Immerhin, wir waren an Jahren nur eines auseinander, ich war der Ältere und sie ein Jahr und einen Monat jünger, als ich. Ja, dachte ich auf dem Polsterstuhl, ich bin in meine Schwester verliebt gewesen, und ich habe mich geschämt deswegen, denn man kann seine Schwester eben nicht wie ein Mann eine Frau, wie ein Fremder eine fremde Frau, lieben, das ist Sünde, dachte ich damals. Also schämte ich mich meiner Liebe, aber dennoch hatte ich mir oft vorgestellt, sie zu küssen, sie zu besitzen. Und nun sah ich diese Veränderungen, wie sie sich schminkte, parfümierte, wie sie kurze Röcke bevorzugte und tiefere Ausschnitte trug, wie sie lachte, die Hüften beim Gehen schwang und mir zuzwinkerte in einer Fröhlichkeit, die so anders war, so verschieden von dem, was ich bisher von ihr gewohnt war. Galt das alles mir? dachte ich damals, erinnerte ich mich auf meinem Stuhl im Gobelinsaal, denke ich jetzt auf der Rückenschmerzen verursachenden Pritsche. Mir hüpfte das Herz. Aber an den Bosel dachte ich nicht. Erst, als ich eines Tages wiedereinmal eine Freistunde hatte, und in der Hochschule umhergegangen war, mit den Ohren nach Klängen hörend, die mich interessierten, und ich hinter einer der schweren Eichentüren wieder diesen Schubert vernommen hatte, dieses Opus 100, diesmal aber ohne Cello, nur das Piano und die Violine, und ich die Tür vorsichtig öffnend, den Bosel und meine Schwester im innigen Spiel gesehen, nein ich muss sagen, ertappt hatte, da ist mir mit einem Mal inne geworden, dass zwischen den beiden mehr ist, als bloße Kameradschaft; denn sie bemerkten mich nicht, sie spielten mit einer Glut und Leidenschaft, Bosel meine Schwester immer wieder anfeuernd und antreibend, sie sahen nur sich, sie fieberten, als befänden sie sich miteinander im wildesten Liebesspiel, und Schubert, dieser leidenschaftliche, ewig verliebte Schubert, dieser an der Liebe zum Schluss hingestorbene Schubert, lieferte das Szenario, das Drehbuch in Noten. Mit dem letzten ersterbenden Akkord fielen sie sich, der Bosel und meine Schwester, in die Arme und küssten sich, sie begannen sich die Kleider vom Leib zu reißen und erst, als sie sich umwälzend ihre Lage wechselten, sahen sie mich und erschraken. Die entsetzten Augen meiner Schwester noch hinter den Augen, stürzte ich davon, hörte noch, wie der Bosel mir nachrief, so warte doch, es ist doch deine Schwester, nicht deine Freundin, was ist denn dabei! Ich rannte hinunter in den Park, umfasste den Stamm einer alten Douglasie, umfasste ihn soweit ich konnte, und weinte laut und hemmungslos. Oh, wie unglücklich war ich damals, dachte ich auf meinem Polsterstuhl im Gobelinsaal, und die Schubertschen Akkorde hackten mir in den Schläfen. Ich sah meine Schwester neben mir, wie sie von der Musik und der Erinnerung, die auch in ihr alles aufwühlen musste, wie ich dachte, ergriffen, ja, wie mit eisernen Krallen gepackt schien, und auf ein Mal wandte sie den Kopf ganz langsam zu mir; ich glaubte in ihren Augen Wehmut und Trauer, verlorene Trauer zu sehen, die man empfindet, wenn alter Schmerz wieder aufbricht, Schmerz, den man nicht wegdenken kann. Doch nur einen Augenblick schaute sie so, dann blitzte es wieder triumphierend und abenteuerlich in ihren dunklen, leidenschaftlichen Augen. Nein, dachte ich auf meinem Polsterstuhl, sie hat nicht gewusst, was ich gelitten habe, damals, sie hat nichts davon bemerkt. Sie liebt ihn immer noch, diesen Bosel, diesen Erfolgsmenschen, diesen pianistischen Heldentenor. Sie liebt ihn nach zwanzig Jahren noch, liebt ihn, trotz sichtbarem Alter, trotz seiner Falten, trotz seiner müden und gar nicht mehr blauen Heldenaugen, trotzdem er sie zum Schluss so behandelt hat. Sie liebt ihn, weil sie den Erfolg liebt, wie alle Frauen, dachte ich, die Stärke, das Sieghafte, das Überlegene. Und nicht einen wie mich, dachte ich auf meinem Polsterstuhl. Einen, der aufgegeben hat, einen, der Mitleid verdient allenfalls. Wie oft habe ich dem Bosel zugehört, wenn er in der Hochschule oder bei uns zu Hause, wohin er immer öfter kam, am Flügel saß. Habe seine Leichtigkeit, mit der er selbst die schwierigsten Passagen zu meistern schien, bewundert, dachte ich, habe ihn beneidet, wie er alles spielen konnte, ohne sich anzustrengen oder verausgaben zu müssen, Brahms, Liszt, Chopin,

Rachmaninoff. Während ich nichts Vergleichbares schaffte, alles stümperhaft und schulmäßig geklungen hat, was ich spielte. Aber es ist nicht nur das gewesen, die Musik und Bosels unvergleichliches Spiel, seine beinahe unbegrenzte Begabung, was ich an ihm bewunderte. Es ist mehr gewesen, viel mehr.

Im Gobelinsaal war eine kleine Pause entstanden, ein Atemholen nur, Geiger und Cellist senkten die Bögen, wie Bosel den Kopf; sie hielten alle Drei die Augen geschlossen, während das dunkle Kraushaar vom Kopf Moshe Rosensteyns wirr abstand, und das rötlich glatte Laxberners, des Cellisten, im Kontrast dazu eng anlag, vor Schweiß glänzend, sah ich den schütter gewordenen Blondschopf Bosels aufragen hinter dem Steinway. Die Pause, nur wenige Atemzüge lang, ging zu Ende, die Spannung schwebte vom letzten Ton des zweiten Satzes noch im Saal, es drängte, es sehnte sich alles zum dritten hin, der nun begann. Es war wie zu einer Lesung, der erste Abschnitt war beendet, aber schon wollten alle Ohren, geöffnet von den erwartungsvoll schlagenden Herzen, die nächsten Worte hören. Meine Gedanken wurden wieder zur Schubertschen Musik geführt, denn gerade jetzt, wo der dritte Satz, das berühmte Allegro moderato begann, wo die perfekte Technik Bosels, sein inniger, kaum nachzuahmender Anschlag heraustönte, der die Töne wie silberne Tropfen hervorperlen ließ zwischen Violine und Cello, da fiel mir ein, der gewöhnliche Konzertbesucher, der andächtige Zuhörer Bosels dächte, dass diese Zartheit der Töne von Händen kommen müsse, die, wie ein Heiligtum, gepflegt, geschützt und bewahrt werden müssten, vor jedem Schmutz, vor derber Arbeit, vor Nässe und Frost, wie die Stimme eines Tenors; und tatsächlich hörte ich meine Mutter, und die Großmütter, die Tanten, Verwandten, als ich selbst noch spielte, immer wieder sagen: Schone deine Hände, halte sie fern von grober Handwerksarbeit, doch mein Bosel tat nichts dergleichen. Mit Vorliebe schraubte, ölte und bastelte er an seinem alten Fahrrad und später an einem Moped herum. Mit verschmierten Händen ist er eines Tages bei uns gewesen, ganz außer Atem, dieses Scheißfahrrad, sagte er, dachte ich, reißt mir doch die Kette, was soll ich machen, und er lachte breit und herzlich. Ich bin ein Arbeiter am Klavier, sagte er eines Tages, dachte ich, die Hände sind Gebrauchswerkzeuge, wer nichts Praktisches damit kann, taugt auch am Klavier nichts. Was soll ich sie schonen und einseitig trainieren, sagte er, dachte ich, nur durch die Arbeit bleiben sie kräftig und stark. Soll ich mir wie Schumann, sagte er, die Finger mit Stricken hochbinden, um dann genauso zu werden wie er, ein Krüppel. Oder ich dachte, wie er eines Tages einen Spaten nahm, um eine alte Wurzel in unserem Hochschulpark auszugraben. Den halben Tag war er damit beschäftigt, schwitzte, fluchte, arbeitete sich ab. Ich sah ihm zu, dachte ich, stand hinter ihm, bewunderte die kräftige Muskulatur. Selten macht er eine Pause bei diesem Graben, er richtete sich dann auf, ächzte, sagte, tut das gut, oh tut das gut. Was ist die ganze Kunst der Fuge gegen diese Baumwurzel, sagte er, dachte ich, und wir, die um ihn standen, lachten. Ja, er hat uns oft mit solchen Vergleichen oder witzigen Bemerkungen und außergewöhnlichen Ideen zum Lachen gebracht. Eines Tages sagte er, wisst ihr was, Leute (ja, er hat uns immer seine Leute genannt!), dieser ganze verstaubte Lehrbetrieb sollte aufgelockert werden, wir müssen weg aus diesen dunklen, nach Staub und alten Noten riechenden Übungszimmern, offene Fenster reichen nicht. Lasst uns zwei Klaviere, oder vielleicht zwei Stutzflügel hier herunter in den Park holen, es ist Sommer, es ist eine angenehme Temperatur, es ist trocken, also los. Dann spielen wir hier im Freien; die Geiger, die Cellisten, die Bläser und wer weiß ich noch können dazu kommen. Ihr glaubt gar nicht, Leute, sagte er, dachte ich, wie das befreit, ihr werdet eure Herzen schlagen und eure Lungen schnaufen hören vor Vergnügen. Wir waren begeistert und trugen die Instrumente ins Freie. Noch heute, erinnerte ich mich auf dem Polsterstuhl im Gobelinsaal, während der leichte, lustige dritte Satz des Opus 100 erklang, wie ich auf meiner Pritsche denke, noch heute fühle ich die Heiterkeit und Leichtigkeit der damals gespielten Musik.

Bosel liebte die Natur. Die Vögel, sagte er, dachte ich, sind unsere Konkurrenz, sie sind die ersten Naturtalente, die Gott für die Musik geschaffen hat, und sie singen auch ohne Beifall und Gage. Er übte, und er spielte oft zwei, drei Stunden ohne jegliche Pause, dachte ich, er übte nur bei weit geöffnetem Fenster, während ich, um meine leicht durcheinander zu bringende Konzentration nicht zu gefährden, nur mit geschlossenen Fenstern, am liebsten bei Kunstlicht oder nur von einer Kerze angestrahlt, üben konnte. Meine Schwester war ihm ähnlich, auch sie liebte es, bei geöffneten Fenstern ihre Violine zu spielen, sie wollte im Frühling und im Sommer von den nahen Gärten, bei denen wir wohnten, die Vögel singen hören und die Blumen riechen. Es wurde erzählt, und ich weiß bis heute nicht, ob es wahr ist, dass Bosel bei seinem Onkel im Erzgebirge, den er in den Ferien oft besuchte, das Klavier auf einem Pferdewagen in den Wald bringen ließ, um dann darauf, allein, mitten auf einer einsamen von Fichten und Lärchen umstandenen Lichtung, Beethovens Klaviersonaten zu spielen. Demosthenes, soll er gesagt haben, dachte ich, habe sich mit Kieselsteinen im Mund an der sturmgepeitschten Küste Ittakas als Redner geübt. Wenn er, der Stefan Bosel, einmal ein berühmter Pianist werden wolle, habe er gesagt, dachte ich, dann müsse er auf solch ungewöhnliche Methoden des Übens und Trainierens zurückgreifen. Seine Liebe zur Natur und sein Eifer, sich und seinen ganzen Körper zu stählen, hat ihn auch dazu gebracht, jeden Morgen, über die ganze Zeit seines Studiums in Dresden hinweg, mit einem Handtuch um die Schultern und bekleidet mit einem Trainingsanzug im Winter und im Sportdress im Sommer mehrere Kilometer zu laufen. In der Hochschulhandballmann-schaft ist er Spielführer und Torschützenkönig gewesen, dachte ich, während ich bei der Mannschaftaufstellung bis zum Schluss warten musste, denn keiner wollte mich in seinem Spiel. Ich war ungeschickt und brachte nur Pech, dachte ich. Bosel hat einmal zu mir im Biergarten an der Elbe gesagt, als ich ihn wegen seiner Sportlichkeit aufzog, Sport, sagte er, dachte ich, Sport brauchst du zum Klavierspiel wie den Kopf und die Hände. Was nützte dir, wenn du der beste Klavierspieler wärest, sagte er, dachte ich, aber du hieltest nur eine Halbzeit durch, machtest zum Beispiel bei Brahms Klavierkonzert Nummero eins nach dem ersten Satz schlapp.

Musik und Sport sind Geschwister, sagte er und lachte, dann kippte er ein Bier, wischte sich den Schaum von den Lippen.

Der humorige dritte und der leichte vierte Satz, der beinahe schon vorüber war, hatten mich zur Versöhnlichkeit und zu einer heiteren Stimmung verführt, die Melodramatik des ersten Satzes schien vergessen, dachte ich, und meine Erinnerung an die Schwermut über Bosels Eindringen in unsere Familie, besonders in das Herz und die Seele meiner Schwester, war, während ich hörte, einem stillen Frieden gewichen. Solange ich in diesen lieblichen Tönen schwamm, wollte mir kein trauriger Gedanke gelingen. Oh, dieser auferstandene Schubert, er spielt mit meinem Herzen, dachte ich. Und nicht nur mit meinem, auch meine Schwester neben mir, war gelöster und heiter, über ihr Gesicht glitten Schauer von Freude und Ausgelassenheit. Nichts Böses, nichts traurig Tragisches konnte erhalten bleiben, alles schwemmten die Töne fort. Oh, heitere Freude, oh liebliches Glück. Welche Magie. Und auch als ich zum Podest, nach vorn zu den drei Künstlern blickte, sah ich diese Spielfreude. Es war als gäben ihre hüpfenden Herzen diese Ausgelassenheit weiter, übertrügen sie auf die Hände, die lustvoll die Seiten aus Stahl oder Katzendarm drückten und die Bögen drüber hingleiten ließen und Bosel am Steinway glich einem Zaubermeister, der mit unsichtbarem Taktstab und seinen über die Tasten huschenden Händen die Szene beherrschte. Hin wieder blickte er auf, er nickte seinen Mitspielern zu, lächelte, und es war wieder dieses Heldenlächeln, das ich aus seiner Jugend kannte, das berühmt war, denn es hatte in den letzten Jahren und Jahrzehnten Titelseiten und Plattencover geschmückt, dachte ich. Und dann sah ich von meinem Polsterstuhl, wie er zum Schluss des vierten Satzes noch einmal die Leidenschaft beschwor, und er riss seine Mitspieler, wie die Zuhörer mit, spornte sie an, den schmalen Moshe Rosensteyn mit seinen dunklen Augen, aus denen ein wildes, leidenschaftliches Feuer brannte; der Israeli schwankte mit seinem ganzen Körper, nahm die Geige mit einem Ruck zur Seite wie ein Zsigan, und auch der hoch aufgeschossene Laxberner schien aus seinem Cello alle Kräfte entfesseln zu wollen, die ihm sein österreichisches Temperament zuließ. Und mit der beschworenen Einheit und dem Gleichklang aller drei Instrumente, in hymnischen Akkorden, jubilierend, einer Ode an die Lebensfreude gleich, so wie der erste Satz schon begonnen hatte, doch ohne Tragik und Schwermut klang das Opus 100 aus. Was sollte ich dem Bosel zürnen, was sollte ich ihm neiden; er war der Meister wie früher schon, er war uns schon immer überlegen und weit voraus, dachte ich. Dennoch, ich hasse ich ihn, dachte ich auf meinem Stuhl im Gobelinsaal.

Dresden, seine Heimatstadt, wurde ihm zu eng, er fühlte sich nicht mehr wohl hier, er wurde unzufriedener, je mehr er uns überragte und ein Könner wurde.

Das drückende ewig feuchte Klima im Elbtal und hier in dieser Stadt, sagte er, dachte ich, schadet nicht nur den Instrumenten, nein, es schadet auch meiner Seele. So, wie sie aufweichen, diese Steinways, Bechsteins, und alle anderen Klaviere, selbst die aus dem Vogtland, wie auch die Violinen, diese Stradivari und Guadagninis, einem immerwährenden Vermodern preisgegeben sind, so werde auch ich aufgeweicht, verliere ich meine Elastizität und Spannung, sagte er, dachte ich. Man müsste weg, sagte er, und er wüsste auch wohin. Sein Lehrer, der gute Professor Scharf, könne ihm ohnehin nichts mehr beibringen, sagte er, dachte ich. Aber er wolle nicht nach Moskau, ans Konservatorium, wohin alle Künstlerwege führten, die aus dem Ostblock kämen. Nichts gegen Moskau, sagte er, Richter wäre der einzige gewesen, doch der sei bedauerlicherweise nun schon einige Jahre tot. Entweder zu Kempff zöge es ihn, sagte er, nach Positano, in das italienische Kampanien, oder nach Mailand zu Pollini. Alle europäische Kunst beginnt in Italien, rief er aus, dachte ich, und was wäre Dresden dagegen, diese Kunststadt, wie es hieß.

Dresden ist keine Kunststadt, sagte er, dachte ich. Hier ist nichts als kleinbürgerlicher Mief und eingebildete Tradition, seit ihrem August, dem Starken, einem barocken Kleinkönig, hätte sich die Stadt nicht mehr weiterentwickelt, alles wäre stehen geblieben. Am Schlimmsten aber wäre die Dresdner Luft, sagte er, dachte ich, sie würde ständig von diesen Stadtbewohnern eingeatmet und führe zur allmählichen Verblödung. Auch die Kanalisation wäre entsetzlich, sagte er, stehen geblieben auf dem Stand des letzten Sachsenkönigs, eine solche Stadt verpeste ihre Umgebung, auf die sich die Dresdner etwas einbildeten, die aber nicht ihr Verdienst wäre. Jede Stadt hätte eine vergleichbare und schöne Umgebung, auch Leipzig, das viel offener und freier wäre als das eingebildete Dresden, welches von seinem Ruf aus dem siebzehnten Jahrhundert lebte und nichts dazu gelernt hätte. Der durchschnittliche Dresdner ist dümmer, als der durchschnittliche Leipziger, und noch um einiges dümmer als der

Berliner, Hamburger, Münchner oder Frankfurter. Die Dresdner sind von allen Großstadtbewohnern Deutschlands, sagte Bosel, dachte ich, wahrscheinlich die ungebildetsten und am wenigsten kunstinteressierten. In der Musik kennen sie nur Wagner, Weber und seinen Freischütz, den sie sich jedes Jahr in der Felsenbühne anhören, und manche wissen wer Richard Strauß gewesen ist und Karl Böhm; den barocken Hasse kennt schon kaum einer mehr und dass Rachmaninoff in Dresden seine zweite Sinfonie und das Poem „Die Toteninsel" sowie die 1. Klaviersonate komponiert hat, weiß niemand, nicht einmal der Rektor der hiesigen Hochschule. Ja, die Dresdner sitzen im Sommer in ihren Biergärten entlang der Elbe und reden in ihrer breiten *gemietlichen* Sprache nicht von der Kunst oder ihrer Kunststadt, sondern vom Wetter und vom Sonnenunter-gang, den sie je nach ihrem Sitzpunkt hinter der Pieschener Elbbiegung erleben wollen, oder hinter der bekannten Stadtsilhouette, die sie ihren Gästen zeigen, die alle Welt von den Postkarten kennt, jener Stadtsilhouette, die der italienische Maler Belotto gemalt hat, und die als Reproduktion in allen Dresdner Wohnzimmern und in manchen Dresdner Kneipen sogar auf der Toilette hängt. Dresden ist keine Kunststadt. Dresden ist ein untergehende Stadt, die auf Schwemmsand gebaut ist. So sprach Bosel zu uns im letzten Studienjahr, dachte ich, aber keiner von uns glaubte, es würde ihm gelingen, wirklich nach Positano zu Wilhelm Kempff oder nach Mailand zu Maurizio Pollini zu gehen. Wir aber täuschten uns, denn Bosel ging nach Positano und nach Mailand. Von einer Konzertreise nach Österreich, einem Hochschulaus-tauschkonzert, wie es offiziell hieß, kam er nicht wieder nach

Dresden zurück. Man hängte sein Bild an das sogenannte Schwarze Brett zur Warnung oder Abschreckung, von ihm sollte nicht mehr gesprochen werden, er wäre ein Verräter hieß es.

Beifall unterbrach meine Gedanken, vorn verneigte sich Bosel und seine Mitspieler, und während ich meinen Arm um die Schultern meiner Schwester legte, hielten sich Bosel, Rosensteyn und Laxberner an den Händen, wie es Schauspieler tun, wenn sie vor den Vorhang treten. Sie neigten ihre Köpfe und dann, ich sah es von meinem Polsterstuhl, begegnete sich Bosels Blick und der meiner Schwester, er lächelte und sah nun auch mich. Er sah mich einen Augenblick erstaunt an, hob die linke Braue, wie er es immer tat, wenn er überrascht war, ich aber ließ meine Hand auf der Schulter meiner Schwester. Ich applaudierte nicht.

In der Pause, die kurz war, blieb ich auf meinem Stuhl und beobachtete Bosel, der, nicht wie Rosensteyn und Laxberner, begleitet vom Veranstalter, in die Künstlergarderobe gegangen, sondern am Rand des Podest stehen geblieben war. Ob er auf meine Schwester, die gleich nach dem Ende des Beifalls ohne zu mir ein Wort zu sagen, hinaus ins Foyer gelaufen ist, oder auf mich wartete, ob er dachte, ich würde mich erheben und zu ihm kommen, wusste ich nicht. Er sah mich auf meinem Stuhl sitzen und hätte also auch die wenigen Schritte in meine Richtung gehen können, sicher wäre ich aufgestanden und ihm einen oder zwei Meter entgegen gegangen. Ach, du hier, würde ich ihn sagen hören, und er würde sein unwiderstehliches Lächeln lächeln, und ich würde schweigend nicken und dann sagen, ja, ich bin mit meiner Schwester hier. Vielleicht würde ich sagen, dachte ich, dass mir das Opus 100 gut gefallen hätte und ich gespannt auf das Opus 99 wäre, dass er den Schubert eine Spur zu modern und zu extrovertiert gespielt hätte, zu wenig Tempre, würde ich sagen, dachte ich, zu wenig Inneres, zu viel Aktion, wie es heute heißt, hätte ich ihm gesagt, dachte ich. Und dass er gut aussähe, würde ich ihm sagen, dachte ich, aber wir würden alle nicht jünger und die Spuren der letzten zwanzig Jahre könne niemand, vor allem er nicht auf seinem Gesicht verbergen. Das unbedingt wollte ich ihm sagen, wenn er zu mir herangetreten wäre, dachte ich. Aber er kam nicht, er blieb, wo er stand und wartete. Vielleicht will er sich in seinem Glanze sonnen, dachte ich, sich dem Publikum hautnah und zum Anfassen, wie es genannt wird, zeigen, dachte ich, während ich sitzen blieb und ihn weiter beobachtete. Bosel aber stand aufrecht gereckt, wie mir schien, und lächelte; ein paar Zuhörer, meist Frauen, umstanden ihn, nur einen jungen Mann sah ich, wie ich mich jetzt auf der Pritsche erinnere, sie drängten an ihn heran, baten um Autogramme, gleich auf ihren mitgebrachten Programmheften; manche hielten Fotos, eine ältere Dame sogar ein Plattencover ihm hingestreckt, wie Bittsteller einem Renaissancefürsten, dachte ich auf meinem Polsterstuhl, und er unterschrieb und lächelte, sagte ein paar Worte, die ich nicht verstehen konnte von meinem Platz, die aber belanglos waren, wie das Meiste belanglos gewesen ist, was er in der Öffentlichkeit sagte. Was soll ich schreiben? hat er wahrscheinlich gefragt, oder „mit Wärme" genügt Ihnen das, vielleicht auch „in herzlicher Erinnerung an einen Abend in Dresden", meine Dame, und „Ihr Stefan Bosel", ja, das bestimmt, „Ihr Stefan Bosel".

Meine Schwester kam vom Foyer zurück, sie hielt zwei Gläser Sekt. Komm, sagte sie, trink, damit er nicht warm wird. Danke, das ist lieb, sagte ich und nahm einen Schluck. Das süße, schäumende Getränk schmeckte nach Gärhefe. Ich lächelte meine Schwester an, da plötzlich stand der Bosel neben mir. Er hatte sich, von mir unbemerkt, aus dem Kreis seiner Anbeter befreit und war, unterwegs noch schnell zwei, drei Autogramme gebend, zu uns getreten. Klaus, das freut mich, sagte er fröhlich, und gab mir die Hand. Seine Hand war breit und seltsam kalt, sie fühlte sich wie etwas Totes, Abgestorbenes an. Ich dachte, er würde mich nach meinem Eindruck vom ersten Teil des Konzertes oder nach Vergangenem fragen, an Altes, Gemeinsames, Früheres erinnern; doch er sagte, er würde sich freuen, wenn er uns, meine Schwester und mich, nach dem Konzert zu einem kleinen Abendessen ins „Kaminski", wo er abgestiegen sei, einladen dürfe. Man würde sich ja so viel zu erzählen haben, lachte er, nicht wahr, du freust dich, sprach er zu meiner Schwester. Und ob, rief sie begeistert, wenn du uns wieder am Flügel in der Bar den *Basin-Street-Blues* spielst, wie damals, wann war das. Zweiundachtzig? Genau, zweiundachtzig, im Sommer, sagte er, wie ich mich erinnere, hier auf dieser Pritsche, und er lachte, aber nicht im Kaminski spielte ich! Das war im Ratskeller, glaube ich. Klar, an das Kaminski, daran ist damals nicht zu denken gewesen. Wieder lachte er. Also abgemacht. Meine Schwester nickte, ja, abgemacht, bis dann also. Ich schwieg, sagte nichts, sagte nichts dagegen, also war es beschlossen. Bosel klopfte mir auf die Schulter und ging. Ich muss noch mal zu den Kollegen, rief er im Weggehen.

Ich setzte mich auf meinen Polsterstuhl, die Schwester brachte die Gläser weg. Die Konzertbesucher, die in meiner Nähe gewesen waren, drehten die Köpfe, tuschelten, machten sich Zeichen und große Augen. Der kennt den Bosel, ein Freund, vielleicht ein Künstlerkollege, wer mag er sein, mochten sie denken, dachte ich, und ich fühlte mich beobachtet, mit diesen Konzertbesucherblicken beschaut, in die Aufmerksamkeit gezogen, die ja die aufdringlichsten und prüfendsten Blicke sind, die man kennt; solche Blicke trafen mich ins Genick wie Geschosse, Blicke von der Seite, und noch, als die Pause längst zu Ende war, der erste Satz des Opus 99 schon begonnen hatte, als die ersten, diese sieghaften, triumphie-renden B-Dur Klänge gespielt wurden, drehte noch mancher den Hals und stierte mich an; ja, ein älterer Herr aus der ersten Reihe hat beinahe alle vier Sätze lang schräg durch die Sitzenden hindurch zu mir gestarrt mit seinem Konzertbesu-cherblick, dieser Mischung aus Neugier und Herablassung, aus Neid und Intoleranz, mit dem sie einen immer anblicken, diese Konzertbesucher, besonders diejenigen aus Dresden, die den ekelhaftesten Konzertblick überhaupt haben, diesen Kapellenblick, wie gesagt werden muss, abgeleitet von der Dresdner Hofkapelle, zu der sie sich wie eine Gemeinde, wie Sektenmitglieder, verpflichtet fühlen und alle Fremden, nicht standesgemäßen mit eisiger Abwehr betrachten, sie das in ihren Blicken spüren lassen, hoheitsvoll und blasiert, wie sie sind, diese Kapellensektenmitglieder und so hat mich dieser

Herr, sicher einer der ihrigen, die ganze Zeit aufmerksam beobachtet.

In Wahrheit sind natürlich diese armseligen Hofkapellenkonzertbesucher, dachte ich, während mich dieser Mensch fixierte, nicht die Ursache gewesen, sondern diese Kapelle selbst ist es. Schon, wenn man sie auf der Straße sieht, diese Herren der Hofkapelle, und noch sind es ja meistens Männer, die ihren Hofkapellendienst verrichten, wie einen Chorknabendienst, wenn auch die Anzahl der Kapellfrauen beängstigend zunimmt; sie laufen, nein sie stolzieren einher, diese Kapellenmitglieder, als Geiger mit ihrem Kasten, oder als Holzbläser mit dem schwarzen Köfferchen, sie rollen ihre Füße ab, wie auf dem Laufsteg, den Blick in die unbestimmte Ferne gerichtet und auf dem Kopf das obligate Baskenmützchen, meist in dunkelblau oder schwarz, mal mit, mal ohne dem kleinen Stoffzipfelchen obendrauf. Unter Tausenden sieht man sie heraus, diese Kapellendiener. Und wie sie den Kopf gravitätisch neigen, wenn sie, ja, wenn sie überhaupt einen Gruß erwidern. Reden kann man mit ihnen ja sowieso nichts, denn sie müssen sich ständig räuspern, dieses Hofkapellenräuspern, das sie von der trockenen Luft in der Oper haben, oder von diesem grässlichen Elbtalklima. Und, wenn sie dann reden, so wissen sie nichts als uralte, abgedroschene Musikerwitze zu erzählen, wollen witzig sein, diese Herren, oh mein Gott. Ich habe diese Kapellianer immer gehasst, dachte ich auf meinem Polsterstuhl, wie ich, seit ich mich vom aktiven Musikspielen verabschiedet habe, alle Berufsmusiker hasse; aber während ich die Mitglieder des zweitklassigen Sinfonieorchesters der Kunststadt Dresden, diejenigen der sogenannten Dresdner Sinfoniker, der Sif, wie deren Gemeindemitglieder verkürzend sagen, während ich diese Elbkessel-Sinfoniker nur verachte und sie nicht ernst nehme, weil sie einfach nur lächerlich sind in ihrer Zweitklassigkeit, hasse ich die Hofkapellenmusiker, dachte ich unter den Augen des mich beobachtenden Sektierers. Ich hasse sie wegen ihrer Gottbegnadetheit, von der sie überzeugt sind; selbst der hinterste Triangelklingler glaubt an sein Gottesgnadentum, oder der Notenwart fühlt sich wie ein Tempelwächter, und je weiter sie vorn, zum Publikum sitzen, je näher sie in ihrem Halbrund, in dem sie wie zur Gruppentherapie um den jeweiligen Halbgott am *Pult*, wie es in ihrem Jargon heißt, sitzen, desto Gottähnlicher fühlen sie sich auf ihrem Bretterbodenolymp. Dabei ist es mit Ihnen, wie es mit allen Göttern geht, in den letzten Jahren immer abwärts gegangen, dachte ich. Diese Hofkapelle hat ja, wie allgemein bekannt ist, dachte ich, während ich weiter beobachtet wurde, in den letzten Jahren, namentlich seit sie von diesen sich den Dirigentenstab wie einen Staffelstab weiterreichenden internationalen Wanderdirigenten, selbstverständlich von Weltruf, wie gesagt wird, als ihren wechselnden Zuchtmeistern nach Geschmack und Belieben abgerichtet wird, eine Talfahrt in die Niederungen der klassischen Unterhaltungsmusik erlebt, wie niemals zuvor in ihrer mehrhundertjährigen Geschichte. Schuch und Böhm, Weber und selbst der Skandale liebende Richard Wagner drehten sich im Grabe herum, wenn sie das erleben müssten. Und sie können doch keinen Beethoven, keinen Brahms, erst recht keinen Mozart und schon gar keinen Haydn oder Süßmayer mehr spielen, diese Kapellenmusiker, bei denen man, spricht man es aus, dieses Wort *Musiker*, die Betonung schon längst nicht mehr auf der ersten Silbe, sondern nur noch auf die zweite Silbe legen muss. *Musikker* soll man sie nennen, und nicht *Muusiker,* nein sie können nur noch sägen, umsägen und niedermachen, sie haben die Klassiker vernichtet, die deutsche Eiche Beethoven umgehauen und zu Feuerholz zersägt. Mit ihren Fiedelbögen von Violine bis Kontrabass, weggeblasen mit den Hörnern, in denen man bei Pianissimo den Speichel des Blasenden gurgeln hört, und mit der großen Trommel haben sie dem Mozart aufs Haupt geschlagen, das ihm die Perücke verrutscht ist, dachte ich auf dem Polsterstuhl. Die ganze Klassik haben sie in den letzten Jahren vernichtet und weggefiedelt, seit diese dirigierenden Weltbürger den Taktstab schwingen, oder besser weggescheucht, denn mancher dirigiert ohne Stab, wie dieser Botterbloom zum Beispiel, ein Salat- und Grünalgengourmet von eurasischem Rang, er fuchtelt nur mit den Händen, und es sieht aus, als verscheuche er ständig die Fliegen, die um sein vegetarisches Haupt kreisen.

Wo ist der samtweiche Klang, der Klang des gerühmten Richard Strauss Orchesters geblieben, er hat sich aufgelöst in ein klägliches dünnes Fiepen, und je mehr man von diesen Kapellfrauen auf der Bühne sieht, desto stärker verliert sich dieses ehemalige Markenzeichen; mühsam verdeckte nackte Frauenarme, lange schwarze Kleider und diese im Takt unsäglich wippenden und sich manchmal auch während der Vorstellung auflösenden Haarfrisuren, alles dieses zeigt den Niedergang. Und gerade Richard Strauss können sie gar nicht mehr spielen, was nicht immer an den Kapellmitgliedern liegt, sondern an diesen fuchtelnden Weltdirigenten, die den Alpensinfoniker je nach Geschmack, mal in kammermusikalischem Gesäusel, oder mal mit Pathos und dröhnendem Reichsparteitagsklang aufführen, wie ich unter andauerndem Angestarrtwerden auf dem Polsterstuhl dachte. Auch an diese Instrumentalkämpfe dachte ich, die die Ohren häufig ertragen müssen, und die diese Wanderdirigenten nicht in den Griff bekamen; wie die Holzbläser gegen die Streicher anblasen, zum Sturmangriff, oder wie den Klarinetten die hohen und den Fagotten die tiefen Töne ausgehen, wie sie atemlos ersterben und in diese klägliche Stille dann das Blech dröhnt, als wären sie in biblischer Zeit und müssten die ehrwürdigen Mauern zum Einstürzen bringen. Dennoch der Dünkel ist geblieben, dachte ich auf meinem Polsterstuhl, immer noch im Blick dieses Kapellenpilgers, der mich anstarrte.

Ja, er stieg noch, dieser Kapellendünkel, mit abnehmender Qualität des Kapellenspiels, auch, weil immer weniger Klassik und immer mehr Klamauk auf der Bühne stattfinden musste, namentlich bei den Dresdner Opernaufführungen, deren nicht zu überbietende Ekelhaftigkeit mit dem Namen des glücklicherweise kürzlich verstorbenen Regisseurs Henry Bleiklump verbunden ist. Doch die Kapellengemeinde gewöhnte sich, fand alles enorm, auch die Musiker selbst sahen schon nicht mehr und hörten kaum hin, wenn die Opernaufführungen sich zu Orgien im Schreien, im auf der Bühne Herumwälzen, in Entkleidungen und Fäkalkomik verwandelten, wenn Totentänze per Regieanweisung aufgeführt werden mussten und Werkstreue ein leerer Wahn blieb. Und so fiedelten sie, abgestumpft und gehorchend, bliesen, trommelten, zupften, wie sie weiterfiedeln, weiterblasen, weitertrommeln und weiterzupfen werden bis in alle Ewigkeit, dachte ich, während ich noch immer in nicht zu überbietender Unerträglichkeit angestarrt wurde, alles wird so bleiben bis die Kunststadt Dresden eines Tages auf ihrem Schwemmsand fortgeschoben wird.

Aber der Dünkel ist geblieben, hatte auch Bosel gesagt, dachte ich, diese unerträgliche Arroganz, die ja vielen, ja den meisten sogenannten kunstinteressierten Dresdnern ebenfalls eigen ist, man ist auf die eigene Verblödung stolz, gegenseitig, die Dresdner auf ihre Kapelle und diese Kapelle auf ihr Dresdner Publikum, eine in ihrer Verblendung verblödete Gemeinschaft, wie Bosel oft gesagt hatte, dachte ich auf dem Polsterstuhl, wie sie sich erhalten hat, diese Gemeinschaft, über und unter allen Gesellschaftssystemen hinweg, seit Jahrzehnten und Jahrhunderten schon, und wie sie nicht zu vertreiben oder auszutreiben gewesen ist. Bis heute. Vielleicht ist all dies damals auch ein Grund gewesen, dachte ich, dass der Bosel die Kunststadt an der Elbe und eine *Karriere* bei der Kapelle, wie zu sagen wäre, fluchtartig verlassen hat, während ich dageblieben bin und diese Verrottung, diesen unaufhaltsamen Abstieg mitansehen musste, ja selbst davon betroffen war, im Kessel sitzen geblieben bin, im Elbkessel, wie in des Teufels Kochtopf, und weiter der *kunstliebende* Dresdner gewesen bin.

Der Begrüßungsapplaus nach der Pause war verklungen, er ebbte ab, so sagt man, wie ein sich entfernender Taubenschwarm. Bosel hatte am Steinway, Rosensteyn und Laxberner hinter ihren Notenpulten Platz genommen; diese hielten die

Bögen gesenkt, warteten jenen kurzen, jenen Spannung aufbauenden Augenblick, den Bosel mit seinen über den Tasten schwebenden Händen und den geschlossenen Augen so trefflich auszukosten wusste, wie ich auf meinem Polsterstuhl sitzend dachte.

Dann begann der erste Satz des Klaviertrios Opus 99, das Schubert schon als Schüler komponiert hatte, während das vor der Pause gespielte Opus 100 ein Spätwerk von ihm gewesen ist. Und ich habe gedacht, wie mir meine Schwester einmal gesagt hat, dass der Schubert bei seiner Komposition nur an Singstimmen gedacht haben muss, niemals an die Instrumentalisten; er hat schöne Mädchen und wehmütig leidenschaftliche Jünglinge singen gehört, weshalb diese Trios das Schwerste, das Anstrengendste überhaupt sind, was es in der *Kammermusikliteratur* gibt. Ja, enorm, sie sagen Literatur zu ihrer Musik, diese Musiker. Er wird noch lachen in seinem Musikergrab, der Franzl, wenn er daran denkt, wie er es diesen Kammermusikern besorgt hat mit seinen Trios, dachte ich auf dem Polsterstuhl nicht ohne Häme. Es erklang also dieses Allegro moderato, ein Dutzendwort in der Musikliteratur, Tausende und Abertausende Musikstücke wurden und werden so überschrieben, zwei Worte, die in ihrer Abgenutztheit so gar nicht zu den Tönen zu passen schienen, die sich nun jubilierend, fröhlich triumphierend, energisch und sieghaft, sich ihrer Einmaligkeit hell und klar bewusst, ihren Weg in meine Ohren und die der anderen Zuhörer bohrten, wie musikalische Selbstverständlichkeiten für die Ewigkeit komponiert.

Ja, er hat wieder gewonnen, dieser Bosel, dachte ich, er triumphiert, er hat uns, ohne Widerspruch zu erwarten, eingeladen; der Steinway hämmert, Bosel dominiert, gibt den Ton und den Takt, Violine und Cello geben sich beifällig, nicken zustimmend, ja-ja-ja tönen sie bereitwillig, wie meine Schwester und ich vor ein paar Minuten, als er, der Bosel uns einlud zu *seinem* kleinen Abendessen, wie er sagte, dachte ich, mit seiner Selbstverständlichkeit, seinem Siegvertrauen, wie er schon immer alles tat, als blonder Siegfried, und wir nickten zustimmend mit dürren Floskeln, fühlten uns geehrt, freuten uns, waren seiner Meinung, was er auch sagte und tat; dabei wusste ich, dachte ich auf meinem Polsterstuhl, dass nur so ein schwacher Dummkopf wie ich diese Einladung annehmen konnte, einer, der vor zwanzig Jahren schon dem Bosel nachgelaufen ist, wie ein kleiner Junge dem Zauberer, einer, der zu ihm aufgeblickt hat, trotz aller Demütigungen, trotz all der Verletzungen, die ich von ihm hinnehmen musste. Von meiner Schwester will ich gar nichts sagen, an die will ich erst gar nicht denken, in diesem Zusammenhang, dachte ich, sie hat natürlich sofort, und mit Freude, wie zu sagen ist, angenommen, um zu ihm zu eilen ins Kaminski; sie würde überall hingehen, wo sie dieser Bosel hinbittet, sie, die er in einer Weise behandelt hat, wie es schändlicher nicht zu denken ist, die er beleidigt und abgelegt hat, wie ein paar alte, nicht mehr zu brauchende Noten. Bis heute aber scheint sie ihm, dachte ich, davon nichts nachzutragen. Er braucht nur zu erscheinen, der blonde Held Bosel, und mit den Fingern zu schnipsen, und schon springt sie herbei, wie eine brünstige

Gemse, leckt ihm die Hand, schmiegt sich an ihn, lässt sich kraulen und streicheln.

Und der Steinway gibt den Takt, dachte ich, während mir die Töne wie Messer ins Fleisch schnitten, und er gibt nicht nur den Takt nein, auch die Tonart und die Tempi, die Creszendi und Ritardanti; Rosensteyn und Laxberner gehorchen dem Bosel aufs Wort, dachte ich, wie artige Hündchen sitzen sie aufrecht und wiegen sich hin und her, zucken und wippen nach seiner Bestimmung; auf einmal kommt mir das Ganze, dachte ich, wie ein absurdes Marionettentheater vor, bei dem der Bosel an den Fäden zieht, und die Puppen heben die Arme, die Beine, rollen mit den Augen, klappen die Münder auf, fallen um und stehen wieder auf; ja, sie lachen auf Kommando, sind fröhlich und heiter, wenn er, der Bosel, der Puppenspieler, der mit seinen Tasten die unsichtbaren Fäden hebt und senkt, wenn er in schnellem Tastenlauf die Körper wirbeln lässt, und sie sind langsam und traurig, wenn er bedächtig und mit Pathos spielt; der Silbersteyn zappelt, als hinge er an geheimnisvollen Fäden, seine Violine schwankt und schwingt nach links und rechts, nach oben und unten, er bewegt die Knie im Takt, schlägt mit den Fersen rhythmisch auf den Boden des Podestes, dass es unheimlich und hohl dröhnt; Laxberner hingegen hat sich gebeugt, er krümmt den Rücken, es ist als wolle er in sein Cello hineinkriechen, sein Ohr scheint am Steg zu lauschen. Die unsichtbaren Fäden hat er bei ihm locker gelassen, der Bosel, dachte ich. Laxberners schlanke Hände halten den Bogen, wie eine zitternde Rute, die über die Saiten fächelt; und über der ganzen unheimlichen Szene thront hinter seinem Steinway der Bosel, dachte ich, dirigiert und fühlt sich als Feldherr. Wie er sich immer als Lenker und Leiter gefühlt hat, dachte ich, und wie er uns, meine Schwester besonders, aber auch mich, ins Unglück gestürzt hat, um dann auf dem Höhepunkt der Tragödie einfach zu verschwinden, sich davon zu machen, dachte ich. Doch, vielleicht ist es richtig so gewesen, sagte ich mir, damals als er uns verlassen hat, denn es wäre nicht mehr so weitergegangen, es hätte zur unvermeidlichen Katastrophe geführt.

Doch jetzt, dachte ich auf meinem Polsterstuhl, jetzt korrumpierst du dich, du elender Schwächling, jetzt gehst du ohne Widerspruch zu seinem Abendessen, so als wäre nichts gewesen; sagst einfach widerspruchslos zu, nachdem du schon ohne zu murren die Karte angenommen hast von der Schwester, hier in dieses Teufelskonzert gegangen bist, hin zu ihm, ohne nachzudenken, ohne dich zu erinnern, dachte ich, obwohl du doch hättest wissen können, ja wissen müssen, dass dich die Erinnerungen peinigen, dass alles wieder hochkommen würde, diese Erniedrigungen und Beleidigungen, diese Demütigungen, an die er, der Bosel freilich keinerlei Erinnerung haben würde, über die er ungläubig lächelte; deine Schwachheit hat mit der Annahme der Konzertkarte begonnen, sagte ich zu mir, und findet nun seine Fortsetzung, indem du zu seinem Abendessen gehen wirst, eine zwangsläufige Fortsetzung, dachte ich.

Doch gleichzeitig denke ich auf dieser Pritsche jetzt, auf der ich liege in diesem Augenblick, da ich draußen auf dem Gang ein Geräusch höre, das Geräusch klappernder, klingelnder Schlüssel, und ich mich an alles erinnere, was ich damals auf dem Polsterstuhl zu diesem verhängnisvollen Kammermusikabend im Gobelinsaal dachte und empfand, dass alles, was damals, wie eine Kette, eine Ereigniskette angestoßen durch die Musik und die Erinnerung, eingetreten ist, dass meine Schwachheit nur eine scheinbare gewesen ist, um mich hinzuführen, hinzustoßen bis zu jenem Punkt, an dem dann wie eine Explosion, wie eine nicht mehr kontrollierbare Tat, dieses Endgültige geschehen ist, was nicht mehr rückgängig gemacht werden kann, was geschehen ist zwangsläufig, einer Vollstreckung gleich. Der Ausbruch.

Lieblich und innig beginnt der zweite Satz, zart und süß, dachte ich auf dem Polsterstuhl, nichts mehr von Magie und Marionettentheater, von Fremdbestimmung und Hexerei, wie weggeblasen sind die Gedanken, die ich eben noch dachte, und nur auf dem Grund, auf dem Bodengrund meiner Seele glüht die ungelöschte Asche weiter. Oh, Franz Schubert, dieser Hexenmeister. Ja, ich liebte ihn, diesen Stefan Bosel, dachte ich, liebte ihn wie meine Schwester, nur anders, ich habe zu ihm aufgeblickt, wie zu einem Idol, was er sagte, dem stimmte ich zu, ohne Vorbehalt. Und was hat er zu uns nicht Kluges, Überlegtes und Richtiges gesagt, dachten wir damals, dachte ich auf dem Polsterstuhl, denke ich jetzt auf der Pritsche; während er heute in der Öffentlichkeit nur Plattheiten und dümmliches Allerweltsmusikergeschwätz von sich gibt, wie war er vor zwanzig Jahren noch unser Vorbild und Idol. Obwohl auch da schon, wie ich hätte merken müssen, die jetzige Hohlheit vorausklang. Nichts merkte ich, nichts. Alles fand ich okay und super, während ich ihn, den Bosel heute schon vom Äußeren her abstoßend und widerwärtig empfinde, seine dünn gewordenen Haare, die müden Augen, die verlebten Züge und die tiefen Falten um Mund und Kinn, so wie er einem dieser altgewordenen Wagner-Siegfried-Gestalten aus Bayreuth ähnlich sieht, der seine 2000. Ring-Premiere feiert. Und seinen ganzen heutigen Aufzug, diese schreiende Konzertgardarobe, wie zu sagen ist, finde ich abscheulich, in der er einem Schalk Gottes zum Verwechseln gleicht, während ich früher die gleichen Hemden und Jeans trug wie er, ihn nachäffte, auch die Haarfrisur, diese langen Franzen bis auf die Schultern trug, die breiten Hemdkragen in weiß auf hellblauem Hemdenstoff, die Schlaghosen und die geweiteten Schuhe, die aussahen, als wäre zuvor ein Traktor darüber gefahren, all das fand ich todschick. Zog er einen hellblauen Pullover an, trug ich am nächsten Tag die gleiche Farbe, trug er kariert, wollte ich Karos, wählte er gestreift, ging ich in Streifen. Natürlich auch all seine anderen Moden habe ich, haben wir alle damals mitgemacht. Wir lasen dieselben Bücher, dachte ich auf dem Polsterstuhl, verschlangen Sagans „Bonjour Tristesse" oder Sartres „Der Ekel", wie wir auch Kants „Ein bisschen Südsee" himmlich fanden, wie wir im Kino „Lieben Sie Brahms" anschauten, nur, weil Bosel diesen Film „Spitze" fand.

Diese ganze Anbeterei aber, diese „Boselmanie" fing mit Bosels Eltern an. Sie waren es, die dachten, sie hätten ein Wunderkind geboren und müssten ihren Stefan nun wie einen *jungen Dalai Lama* der Musik aufziehen. Dieses Denken allerdings betraf mehr Bosels Mutter, die ihn vergötterte, während Bosels Vater ein erfolgloser Zoo-Puppenspieler gewesen ist, der zum Schluss seine Auftritte in dem kleinen, bekannten Zoo-Kaspertheaterhäuschen vor zwei oder drei dreijährigen Kindern absolvierte; die anderen Kinder liefen immer schreiend davon, wenn sie die Fistelstimme des ihnen unsichtbaren Puppenspielers anhören mussten, nur zwei oder drei bedauernswerte waren immer sitzen geblieben, festgeschnallt in ihren Kindersportwagen von ihren danach eingeschlafenen Müttern. Im staatlichen Puppentheater in der Neustadt haben sie den Bosel Vater rausgeschmissen, weil die Zuschauerzahlen rapide zurückgegangen waren, dachte ich auf dem Polsterstuhl. Und die Bosel Mutter, eine rotgesichtige dicke Person aus Dippoldiswalde, ausgerechnet die hat in der Nachbarschaft immer herumerzählt, dass ihr Stefan, das Künstlerische, wie gesagt wird, von seinem Vater hätte. Insgesamt stammen ja die Bosel aus dem *erzgebirgischen Umland*, dachte ich, und sie konnten ihren Dialekt nur schwer unterdrücken, einen Dialekt, der namentlich in der Kunststadt Dresden als anstößig empfunden wurde und noch heute wird, über den man schmunzelt als *Drääsdner*; erst kurz vor der Geburt ihres Stefan sind die Bosels nach Dresden gezogen, und so ist der Bosel ein geborener Dresdner gewesen und er hat seine Heimatmundart nie sprechen gelernt. Vielleicht hat es den jungen Bosel wegen seiner *Landabstammung* aber immer wieder hinaus aufs Land gezogen, dachte ich. Immer zog es ihn dorthinaus, dachte ich auf dem Polsterstuhl. Schließlich hat der Bosel Vater, sicherlich wegen seiner Erfolglosigkeit, angefangen zu trinken, dachte ich, und mit dem Trinken ist er noch weiter erfolglos geworden, bis zur völligen Erfolglosigkeit, denn ihm hatte die Puppenspieler-stimme versagt, und einen stummen Puppenspieler kann niemand brauchen, dachte ich, auch haben ihm im Zoo nicht einmal mehr die Tiere zuhören wollen, und so ist sein Kasperhäuschen mit der Zeit verödet und geschlossen worden. In seiner Trinkerei aber hat er auf der Straße mit seiner Krächzerstimme Lobreden auf seinen Sohn gehalten, wie ein Ankündiger für einen Straßenmusikanten, bis die ganze Trinkerei und das Aufsehen, was der Puppenspieler erregt hat der Bosel Mutter zu viel geworden ist und sie sich von ihm getrennt hat. Ich weiß nicht, ob es stimmt, aber am Ende ihrer Ehe mit dem trinkenden Puppenspieler soll die Bosel Mutter zu drastischen Mitteln gegriffen haben, um seine Straßenreden zu verhindern. Sie soll, wie gesagt wurde, dachte ich, ihrem Mann alle langen Straßenhosen und die Unterhosen versteckt haben. So musste er mit nacktem Hintern zu Hause sitzen und konnte nicht auf die Straße; nur einmal, und das ist ganz zum Schluss gewesen, soll der Bosel Vater trotzdem hinausgerannt sein, mit nacktem Hintern und blauer Nase, aber nur für kurze Zeit, dann hatte ihn die Polizei in Gewahrsam genommen. Da ist der Stefan Bosel am Anfang seiner Studentenlaufbahn in Dresden gewesen und er hat davon nichts erzählt, dachte ich.

Der neue Mann seiner Mutter brachte dann für Bosel auch die Vergötterung von *stiefväterlicher* Seite, wie zu sagen ist, denn dieser neue Vater, ein erfolgloser Kinderbuchautor, trank zwar keinen Alkohol, verstand aber eine Menge von Musik. Zwar sind auch vor ihm die Kinder davongelaufen, wie vor dem Puppenspieler, aber bei ihm zumindest erst, als sie seine Bücher lesen konnten, oder daraus vorgelesen bekamen, und auch nicht so sichtbar und direkt, wie die anderen, die schreiend aus dem Rund des Zoo-Kaspertheaters davonge-rannt waren, sondern sie sind ihm als Leser abhanden gekommen, dachte ich auf dem Polsterstuhl. Der immer erfolgloser werdende Kinderbuchautor verlegte sich also *zwangsläufig*, wie gesagt werden muss, auf die Musik, der er sich als Retterin zuwandte und in der er ein neues Betätigungsfeld fand. Er drang hörend und lesend, mit Augen und Ohren also, in die Musikgeschichte ein und bildete seinen Stiefsohn Stefan, dessen Musikverständnis er zusätzlich zu seinem Studium auf diese Weise tiefer und tiefer formen wollte; während die Familie Bosel in Dresden höher und höher gestiegen war, aufgestiegen aus dem Dresdner Süden, der Südvorstadt, wie sie genannt wird, und in der damals die meisten Zuzügler aus dem erzgebirgischen Umland wohnten; über Blasewitz, einer vorkünstlerischen Gegend, wie zu sagen wäre, denn hier wohnten zur Zeit des Boselschen Aufstieges neben Schauspielern und Lehrern, auch Musikpädagogen und Kunsterzieher, bis sie schließlich jene Höhen erklommen, den Weißen Hirsch, hoch oben über der ihnen nun zu Füßen liegenden Kunststadt, jene Gegend also, in der die *wahren* Künstler, viele Professoren und natürlich beinahe die ganze Hofkapelle und ihre Klientel zu Hause war. Jetzt begegneten die Bosels bei ihren Spaziergängen mit Carl-Maria, einem Langhaardackelrüden, den sie sich zugelegt hatten, gekauft in der Erwägung beim Hundespazierenführen all den anderen künstlerischen Hundebesitzern leinengeführt über den Hundehaufen gesäumten Weg zu laufen. Sie trafen also auf all die *Hofkapellenbratscher* (denn, besonders jene wohnten in ihrer Nähe!), Fagottisten, Klarinettisten. Auf all Jene der Musik ausübenden Kapellenzunft, deren Berufsbezeichnung mit einem „..ist" endete, stießen sie. Und es kam die Rede über die Hunde auf die Kinder, wie es immer geht, dachte ich auf dem Polsterstuhl, und also auch auf die Begabungen unter ihnen; so konnten sie zuerst von Carl-Maria und seinen Artigkeiten bis dann endlich auch von ihrem Stefan voller Stolz reden, die Bosel Mutter, von ihrem Wunderkind Stefan, der zu dieser Zeit wie auch ich im ersten Studienjahr an der sogenannten *Spezialistenschule* für Musik, einer die Hochschule vorbereitenden Institution, studierte.

So sind sie dort oben bekannt geworden, die Bosels, dachte ich, und ich erinnerte mich, wie ich Stefan das erste Mal besucht hatte auf dem Weißen Hirsch, dieser Nobelgegend, diesem Dresdner Grinzing. Er übt, sagte der neue Bosel Vater, der ehemalige Kinderbuchautor, voller Ehrfurcht und Andacht zu mir, und legte seine Runzelfinger vor den bläulichen Spitzmund. Wir wollen leise sein und warten bis er aufhört. Nach einer Weile verstummte das Klavierspiel, das eintönig und monoton hinter der Tür geklungen hatte, es waren Etüden von Muzio Clementi, ich kannte und hasste sie. Stefan kam heraus, umarmte mich freudig und rief, komm nur herein, und zum *Neuvater* sagte er, stör uns nicht, bitte, wir wollen fachsimpeln und gemeinsam üben. Als ich ins Zimmer getreten und Bosel die Tür geschlossen hatte, schlug er mir auf die Schulter und hielt mir gleichzeitig den Mund zu, dann führte er mich zu einer Truhe, in der versteckt ein Plattenspieler eingebaut war, und obendrauf lag eine schwarz glänzende Polidor mit Stücken von Clementi. Ich wollte lachen, doch Bosel hinderte mich, flüsterte, still doch, den Clementi kann man nur auf diese Weise zum Klingen bringen. Der Vater draußen, und er zeigte mit dem Daumen in Richtung Flur, hat gelesen, dass Clementi unbedingt zu üben ist, ich aber muss mich übergeben, wenn ich diesen italienischen *Musikparmesan* spielen soll; also lege ich die Platte auf, der Lautsprecher steht versteckt gleich neben der Tür, drehe auf maximale Lautstärke und übe derweil leise bei niedergetretenem Dämpfpedal unseren heiligen Bach außer der Reihe. Du glaubst gar nicht, sagte er, dachte ich, welcher Genuss eine heimlich und leise gespielte Bach Sonata oder ein Präludium ist, wie es die Finger und den Geist stärkt. Es ist als fließe klares Quellwasser über den Körper, man hat das Gefühl vollkommener Klarheit und Reinheit. Wenn ich eine halbe Stunde Bach spiele, sagte Bosel, dachte ich, dann ist mir, als hätte ich eine innere und äußere Reinigung hinter mir, ich fühle mich sauber und hell und eins mit der Natur, die durchs offene Fenster hereindringt, fühle mich als Bruder mit der Drossel, die in einem Holunderstrauch im Park ein paar Meter weg von mir ihr Liedchen trällert. Ja, dachte ich, so ist er gewesen, der Stefan Bosel, in der damaligen Zeit auf dem Weißen Hirsch...

Vor mir, oben auf dem Podest, sah ich, als ich aufschaute aus meiner Erinnerung, einem Auftauchenden gleich, wie wenn man auf einmal wieder alle Farben und Linien, Geräusche und Töne in sich aufnimmt, sah ich das Bosel Trio und hörte ich dieses Singen und Sehnen des noch immer erklingenden zweiten Satzes, *Andante un poco mosso*. Ich suchte nach dem passenden Wort, das diese Töne beschreiben könnte, und fand keines, vielleicht träfe auch hier die Bachsche Klarheit zu, an die ich mich erinnerte, als ich an Bosel gedacht hatte, vor Augenblicken noch. Ja, aber es käme die Innigkeit, Sehnsucht und Lieblichkeit hinzu, und eine aus der Seele kommende Fröhlichkeit, eine Ausgeglichenheit, die nur dieser Franz Schubert singen konnte, sagte ich zu mir.

Helle Farben kommen auf mich zu, Vogelgezwitscher erklingt aus dem Irgendwo, und es riecht nach den Blüten des Frühlings. Schwebende Leichtigkeit, fallenden, zur Erde tanzenden Apfelblüten gleich, tanzen die Töne aus dem Steinway, berühren die Violine, tippen an das Cello, vermischen sich. Blauer konnte der Himmel einfach nicht sein, an diesem Sonntagmorgen, betäubender konnte es nicht riechen, nach Flieder, nach Hyazinthen, nach frischem Grün, ausgelassener konnten wir nicht sein, erinnerte ich mich im Gobelinsaal:

Bosel, meine Schwester, zwei Freunde, der lange Weber und der kleine, füllige Hermann Schlichting, unsere *Lachmaschine*, wie wir ihn nannten, und ich, wir fünf also, *ein Quintett*, wir wanderten mit Rucksäcken und Essbarem auf den Schultern, mit Violine, zwei Gitarren und einer Flöte, durchs Schönfelder Hochland, dieser lieblichen, sanft gewellten Gegend vor den Toren Dresdens. Tun wir es unseren Romantikern nach, hatte Bosel vorgeschlagen, gehen wir in die Natur, sagte er. An die Brüste unserer großen Lehrerin, lachte der kleine Schlichting, ja, riefen wir alle, wir wollen wandern und musizieren. Und in unseren Herzen ist an jenem Sonntagmorgen im Mai eine Fröhlichkeit und Reinheit gewesen, dachte ich, wie wir sie nie wieder erlebt haben. Zuerst zogen wir von Bühlau aus querfeldein in Richtung des Dörfchens Cunnerwitz, um dann nach Helfenberg, zur Ruine des alten halb verfallenen

Schlosses zu wandern, in dessen Nähe, dem beschatteten, kühlen Helfenberger Grund, eine Wassermühle steht.

Ich ging hinter Bosel, der seinen Arm um die Schultern meiner Schwester gelegt, vor mir kräftig ausschritt. Manchmal wandte er sich um, zu mir, der ich mit dem kleinen Schlichting lief, während am Schluss der lange Weber auf der Gitarre klimperte. So also lief unsere kleine, fröhliche Schar; ich beobachtete Bosel und meine Schwester von hinten, während ich wiederum vom rückwärtigen Weber beobachtet wurde, dachte ich, und meine Gedanken kreisten darum, ob der Bosel eines Tages mein Schwager werden würde, was mich nicht froh stimmte und die wildesten Überlegungen herbeirief, die so gar nicht zur allgemeinen Heiterkeit und dem Frühlingssonntag zu passen schienen. Bosel ist zu überschäumend, voller Ideen und Unruhe, dachte ich damals hinter ihm gehend, als dass er meiner Schwester treu und zuverlässig sein könnte, immer entzündet er sich, lodert wild auf, um mit einem Mal zu verlöschen und an anderer Stelle dann wieder aufzuflackern. Sie wird unglücklich werden, dachte ich; sie, die zu tiefem Nachdenken neigt und zu Depressionen, und mir fiel ein, wie sie sich in der achten Klasse schon einmal unglücklich verliebt hatte, sich aber gottlob mir anvertraut und von ihrem Vorhaben, in die Elbe zu gehen, abends vor dem Einschlafen gesprochen hatte. Ich konnte sie beruhigen, und ich erinnerte mich, wie glücklich ich gewesen war, als sie dann schluchzend in meinen Armen gelegen hatte.

Nein, dachte ich an jenem Frühlingssonntag im Schönfelder Hochland hinter den beiden gehend, während der Weber die Gitarre zupfte und mit seinem schönen Barriton Schuberts

Ständchen aus dem Stegreif sang; nein, dachte ich verzweifelt und hörte, als hätte ich es bestellt, diese Zeilen: *Flüsternd schlanke Wipfel rauschen – in des Mondes Licht – des Verräters feindlich Lauschen – fürchte, Holde nicht.* Nein, dachte ich im Laufen, sie soll nicht unglücklich werden durch diesen Bosel, aber mir fiel nichts ein, wie ich ihn von meiner Schwester fern halten könnte, und ich bat Gott (an den zu glauben ich mich bis heute weigere zuzugeben!), bat den Allmächtigen um Beistand. Denn immer denken wir, wie ich jetzt wieder auf der Pritsche liegend überlege, an Hilfe von diesem Gott, wenn wir nicht mehr weiter wissen und mit unserem Latein, wie gesagt wird, am Ende sind, oder, wenn wir gar nichts wissen, nur noch hoffen und ahnen können, eine Erfindung der Ahnungslosen und Hilflosen, dieser Gott, wie auch ich ratlos und hilflos hinter Bosel und meiner Schwester herlief an jenem Sonntagmorgen.

Nichts wusste ich auch vom singenden Weber, der mit seinem warmen Barriton, wie es heißt, das *Ständchen* gesungen hatte, dieses schwermütig wehmütige Lied, von dem ich in meiner Selbstbemitleidung gedacht hatte, er sänge es um meinethalben, er wüsste von meinem Leid, und es wäre so eine Art *Gedankenübertragung* gewesen; doch er sang es wegen sich selbst, dieser weltabgewandte Romantiker, der er damals gewesen war und bis heute geblieben ist, wie ich dachte auf dem Polsterstuhl. Denn auch er ist in meine Schwester verliebt gewesen, unglücklich, wie es genannt wird, und außerdem hoffnungslos, was die Sache verschlimmerte und ihn in einem Zustand allmählicher Verzehrung bis zu Bosels Verschwinden gehalten hat. Was vermochte der lange Weber, dieser

Einsneunzig Mann, der ohne die Boselsche Leichtigkeit auskommen musste, und der von der deutschen Seelenschwere, einer unter Musikern nicht seltene psychische Entartung, geplagt wurde, dieser Seelenlast, die eine Musik von Brahms bis Bruckner, diesen deutschen Schwermutmusikern, allzu gern ertragen und lieben, wie ich auf dem Polsterstuhl dachte, und wie ich damals auf dem Feldweg gehend schon hätte denken sollen, aber noch nichts davon gewusst hatte; wie könnte der lange Weber also den Bosel bei meiner Schwester aus dem Felde schlagen, hätte ich überlegen sollen, wie ich auf dem Polsterstuhl jetzt dachte, wo die Weiber doch und auch meine Schwester immer die erfolgreichen Siegertypen lieben, eine genetische Fixierung vielleicht, die die Vorwärtsentwicklung des Menschengeschlechts, besonders der Helden verliebten Deutschen garantiert, dachte ich.

Also lief ich hinter dem Bosel und meiner Schwester und vor dem singenden Weber her und ahnte nicht, dass dieser mit dem Lied, jenem Schubertschen Ständchen, gegen seinen Liebesgegner Bosel ansang, wie ein verzweifelter Minnesänger. Zwar hörte ich den Schmerz und das Liebesleid, doch ich dachte zu sehr an mich, an meine Seelenplagen damals auf dem Feldweg, während hoch über unseren Köpfen im Himmelsblau eine Lerche von *ihrer* Liebe sang. Und ich erinnere mich noch genau, dass ich damals überlegte, ob nicht Vögel, wie diese Lerche da oben, ähnliches wie wir Menschen in ihrer Brust fühlten, ob es unter ihren zierlichen Federn nicht auch eine Seele gäbe, die sie aufsteigen und so ergreifend trällern lässt.

Die beiden vor mir liefen, sich mit den Armen haltend, und ahnten nichts von meinen Gedanken. Sie waren fröhlich und lachten ab und zu.

Nicht diese Töne! spiel doch ein anderes Lied, *lieber Weber*, rief Bosel über mich, den brütenden und doch arglos Dahingehenden hinweg dem langen Sänger zu; sich halb umschauend rief er, sing uns eine besinnliche Weise, wenn dir schon nichts Lustiges gelingen will. Unten in der Mühle dann will ich euch am Klavier schon aufheitern, sagte er; und ich beeilte mich, nun auch heiter und ausgelassen in die Welt zu schauen, er soll mich nicht erkennen, dachte ich in seinem Schatten. Und ich hörte nicht die Boselsche Ironie, die in seinen Worten vom *lieben Weber* mitschwang, denn natürlich hat er, der Bosel, von der Weberschen Verliebtheit gewusst, dachte ich auf dem Polsterstuhl im Gobelinsaal das Andante des Opus 99 hörend, und er hat sich daran ergötzt, wie er sich immer über Erfolglosigkeit ergötzt hat.

Lieber Weber, rief auf einmal der ewig heitere Schlichting neben mir, *wie das klingt!* und *spiel uns eine besinnliche Weise.* Es ist als wolltest du, mein lieber Bosel, zu unserem langen Weber *lieber Grillparzer* sagen oder *mein bester Mayrhofer, allerliebster Lachner*, ha, ha vielleicht auch sagtest du zu mir, *mein bester Graf Esterhazy*, ja das wäre hübsch. Soll unser Ausflug eine *Schubertiade*, nein eine Boseliade werden? sag es, du unser aller Meister.

Wir lachten und waren stehen geblieben. Der Weber griff ein paar Akkorde, rief, wie du willst, mein *liebes Steferl*, spielen wir was Inniges, denn Lustiges, Leichtes wollte ihm tatsächlich nicht einfallen, und er sang: *Guten Morgen, schöne Müllerin!* –

Wo steckst du gleich das Köpfchen hin, und Bosel antwortete, nun ebenfalls singend, aber in Englisch: *As if something has happened to you? (Als wär dir was geschehen?)* Wir staunten, wieder einmal hatte er uns überrascht, der Bosel, indem er *Die Müllerin* auf Englisch sang.

Ich sah, wie meine Schwester zu ihm aufblickte, stolz, so unendlich stolz und so verliebt, dass ich auf den steinigen Weg starren musste und mit den Fingern geknackt habe, wie ich mich auf dem Polsterstuhl erinnerte.

Eine Familie, die uns entgegen gekommen war auf dem schmalen Feldweg, ein Glatzkopf von vielleicht Mitte Vierzig, seine hüftgewaltige Frau mit dünnem Gesicht und die zwei Gerten schwingende Söhne, blond mit Sommersprossen. Diese Familie hatte dieses Singen, vor allem das *fremdländisch* klingende, gehört, denn weiter sang der Bosel mit kräftiger Stimme: *Do you dislike my greetings so profoundly? – Does my glance disturb you so much? – Then I must go on again (Verdrießt dich denn mein Gruß so schwer? – Verstört dich denn mein Blick so sehr? – So muss ich wieder gehen.)* Immer langsamer kamen sie heran und mit jedem Schritt ungläubiger, beinahe misstrauisch werdend, staunten sie. Und nun war sie, diese vierköpfige Dresdner Familie, wahrscheinlich aus dem Stadtteil Strehlen, dem Exklusivviertel aller Ungebildeten, beim Ausweichen auf den Grasbüscheln des Wegesrandes zum völligen Stillstand gekommen. Sie schienen ihren Ohren nicht zu trauen, dachte ich, Englisch gesungene Lieder mitten im friedlichen Schönfelder Hochland, vor den Toren Dresdens, mochten sie erschreckt gedacht haben. Hier, wo man nichts als die biedere sächsische Mundart hört, wo es seit Menschengedenken keine Ausländer mehr gegeben hat, und Englisch sprechende schon überhaupt nicht, wo man höchstens Russisch kennt, weil auf dem *Triebenberg* eine sowjetische Radarstation steht, die aber noch keiner aus der Nähe gesehen hat. Ob sie Schuberts *Müllerin* erkannt haben, wusste ich nicht, dachte ich, wir hörten nur, wie der Vater zu Frau und Söhnen sagte, dass es Englisch wäre, was die da sängen, und sie sollten weitergehen. Die semmelblonden Jungen jedenfalls drehten im Weggehen mehrmals die Köpfe, stießen sich mit den Ellenbogen und grienten, sie waren sich sicher, etwas Verbotenes, zumindest aber etwas Außergewöhnliches gesehen zu haben.

Vom Podest hörte ich die leichten und zärtlich angetippten Töne und Akkorde, die aus dem Steinway herauszuhüpfen schienen, Violine und Cello antworteten, von den Bogenspitzen berührt, als wollten sie lachen und lustig sein – das Scherzo, der dritte Satz hatte begonnen.

Wir waren eine ausgelassene, kleine Gesellschaft, unbekümmert, voller Witze und Einfälle, als wir an der Mühle im Helfenberger Grund ankamen. Schlichting hatte die Klarinette ausgepackt, Weber begleitete ihn auf der Gitarre. Auch ich habe mich von Bosels Enthusiasmus, seinen nie versiegenden Einfällen und Ideen anstecken lassen, ja, er ist ein Teufelskerl, dachte ich auf den letzten Metern hin zur Mühle, und keine Gedankentrübsal kann sich halten, auch keine Eifersucht, alles leckt seine Sonne auf, dachte ich auf dem sich senkenden Weg; und wir drei, Bosel, meine Schwester und ich, wir sangen zum Spiel der Gitarre und der Klarinette. Wir hielten uns an den Händen, liefen hinter Weber und Schlichting her, wie auf einem Gemälde von Moritz von Schwind, und sangen die letzten Verse der letzten Strophe *Morgengruss* aus der *Müllerin*: *Nun schüttle ab der Träume Flor – und hebt euch frisch und frei empor – in Gottes hellen Morgen!* Einer singenden Kinderschar gleich liefen wir den Weg hinab, dachte ich, während mir ein Bild von Ludwig Richter in meines Kopfes Wechselrahmen aufgehängt wurde; und wir betraten den dunklen, kühlen, nach Bier und heißen Bockwürsten riechenden Gasthof *Zur Mühle*.

Ja, dachte ich mich besinnend auf dem Polsterstuhl im Gobelinsaal, er ist ein Teufelskerl, er hat uns immer wieder hinter sich, hinter seine helle strahlende Heldensonne gebracht, immer gelingt es ihm, dass sich Menschen um ihn scharen und sich ihm unterordnen, weil sie ihn lieben, weil man ihn einfach lieben muss, wie die Sonne, dachte ich hilflos. Mit diesem Trio, diesem Bosel Trio ist es wie mit uns damals, dachte ich, wie er uns in der Mühle schließlich alle Trübsal, alle Eifersüchteleien und die schweren Gedanken ausgetrieben hat, wie er uns einte, uns um das alte verstimmte Klavier in dem Mühlen Gasthof versammelt hat, genau wie er damals Schubertsche Ländler gespielt hat, einen nach dem anderen aus dem Kopf, und zum Schluss sogar Modern Jazz, wie zu sagen ist, so bändigt er jetzt diesen Israeli Rosensteyn und den Österreicher Laxberner, dachte ich. Wie kann einer auf die Idee kommen ausgerechnet einen *Juden* und einen *Österreicher* zusammen in einem Klavier Trio sozusagen aufeinander loszulassen, dachte ich, so etwas gibt es weltweit nicht, dachte ich, wo die Kammermusikbesetzungen doch sonst möglichst artenrein zusammen gestellt werden. Ein Hofkapellenköpfchen käme auf so eine Idee überhaupt nicht. Wenn sie Kammermusik je spielten, diese an Straußsche, Brucknersche oder Mahlersche Tonorgasmen gewöhnten Künstler, sie, die in ihrer Mehrheit der Kammermusik ja vollkommen entwöhnt wären, weg und abgesetzt von diesen Brüsten, welche die Musik erst in ihrer ganzen Herrlichkeit zum Klingen bringen, dachte ich. Diese *Orchestermusikker*, die durch ihr beständiges Fortissimo-Spielen nichts Leises und Subtiles mehr zustande brächten, und die infolge andauernden Opernspiels und der damit verbundenen musikalischen Exzesse vollkommen verdorben wären; wenn diese Künstler also je Kammermusik spielten, so nähmen sie nur ihresgleichen in die Kammermusikbesetzungen auf. Ja, nur der Bosel konnte ein solches, auf der Welt einmaliges Trio zusammenstellen, dachte ich, während *der* hinter dem Steinway saß, wie ein Dompteur und den Rosensteyn mit dem Laxberner von seinen Tasten aus dirigierte, diesen ungebärdigen israelischen Schwarzen Panther und den grollenden österreichischen Löwen, wie er sie zu einer künstlerischen Einheit vereinte, sie zusammenschmolzen, inspiriert vom wiederbelebten Schubertschen Bazillus der Spielfreude und Harmonie. Und das Scherzo ging in das rasante Rondo des letzten Satzes über, diesen leidenschaftlichen Schluss.

Wieder aber dachte ich an diesen Sonntag im Frühling und die Bilder kamen herbei auf meinem Polsterstuhl. Wir hatten gegessen, getrunken, gesungen, musiziert und gelacht und nun wanderten wir, die Sonne färbte sinkend die Farben des Frühlings intensiv und kräftig, dem heimatlichen Dresden zu.

Auf dem Heimweg waren wir stiller.

Wir sangen nicht, sondern liefen ein Jeder in seine Gedanken versunken den sich schlängelnden Weg, diesmal umgekehrt, Weber voran, gefolgt von mir und Schlichting und den Schluss bildeten Bosel und meine Schwester. Die Abstände zwischen uns vergrößerten sich, und als ich mich einmal umschaute, war Bosel mit meiner Schwester weit zurückgeblieben. Ja, sie waren stehen geblieben und sprachen miteinander. Zwar konnte ich nichts verstehen, was sie Wichtiges zu reden hätten, aber meine Schwester hatte den Kopf gesenkt, was bei ihr immer ein untrügliches Zeichen von Trauer und Zerknirschung ist. Auch ich war nun stehen geblieben, hatte Schlichting und Weber ein Zeichen gemacht, zu warten, bis die beiden, Bosel und meine Schwester heran wären. Als sie uns schließlich, nach Minuten des Wartens und Stehens, erreichten, sah ich sofort die roten Augen meiner Schwester. Sie hatte geweint. Bosel schien ernst und überlegt.

Was war los? fragte ich ziemlich barsch, ich konnte nicht mehr an mich halten, und all die trüben Gedanken vom Morgen kamen mir wieder in den Sinn. Er will sie verlassen, dachte ich auf dem Feldweg. Also doch, ich hatte also recht; auf und davon will er, irgendwo ein neues Feuer entzünden, dieser Lump von einem Pianisten.

Was war los? wiederholte ich, während ich mich über den aufgebrachten Ton meiner Stimme insgeheim freute.

Sag du es, sag du es ihnen, wie du es mir gesagt hast, sprach meine Schwester leise, dachte ich, und sie hielt den Kopf gesenkt. Was gibt es viel zu sagen, antwortete Bosel, ich habe ihr gesagt, dass ich bald nicht mehr hier in dieser Idylle sein werde.

Was? Wie? Was soll das heißen? riefen wir, Weber, Schlichting und ich, wie aus einem Mund, und der Weber Mund, wie auch der meinige haben bei allem Schrecken auch ein wenig Freude gezeigt, wobei mir der Webersche Mund erst jetzt auf dem Polsterstuhl, wie ich dachte, freudig vorgekommen ist. Bosel aber sagte: Das soll heißen: ich verlasse die Kunststadt Dresden bei nächster Gelegenheit! Ob ihr das glaubt oder weitererzählt ist mir so gleichgültig wie ein zweigestrichenes B, ich kann hier nicht mehr bleiben, das ist die Botschaft; und dabei, so sagte er, dachte ich, kann auch eine Liebe, er blickte meine Schwester von der Seite an, mich nicht hindern. Dieser Elbemief, diese selbstgefällige Ignoranz zerstört mich, sagte er.

Wie mein Flügel daheim, der schon auseinander leimt, dessen Bronze korrodiert, den ich jede Woche nachstimmen muss, wie das alte Klavier meiner Mutter, dass schon verrottet ist, vermodert in diesem Elbeklima, so werde ich hier immer schlaffer, fauler, lustloser, weil mir keiner mehr Aufgaben stellt, die mich fordern. Scharf, der gute alte Professor Scharf ist am Ende, was will er mir noch beibringen, nächstens muss ich ihm die Chopin Sonaten vorspielen und ihm sagen, wie´s gemacht wird. Nein, ich werde, wie ich früher schon sagte, nach Positano zu Kempff und zu Pollini nach Mailand gehen. Wenn ich oben auf dem Hirsch (er meinte den Villenort *Weißer Hirsch* oberhalb Dresdens) mit Carl-Maria, der auch schon asthmatisch keucht, weil ihm die Lungen angefressen sind, wenn ich mit dem armen Hund auf der Straße gehe und ich sehe diese Kapellmitglieder oder ihre Ehefrauen, die sich, wie ich vor kurzem beim Friseur hörte, schon mit Frau Konzertmeister oder Frau Erstes Horn, Frau Erstes Fagott, Frau Erster Trommler ansprechen lassen, so wird mir so speiübel, dass der Hund zu mir heraufäugt und mitleidig jault. Und fragt mal einen von denen, sagte Bosel auf dem Feldweg zu uns, dachte ich, ob er mit euch zum Beispiel eines dieser beiden Schubert Trios spiele; er wird den Kopf schütteln, sie werden *Nein danke* sagen und sich, wie bekannt räuspern, mit ihrem Hofkapellenräuspern, das man ja in jedem Sinfoniekonzert hören kann und von dem man denkt, es käme aus dem Publikum, während es von der Kapelle selbst kommt, diesen Hustern und Räusperern.

Nein, sie können keine Kammermusik spielen, nicht mal ein lumpiges Violinkonzert von Haydn oder Spohr brächten sie zustande, selbst, wenn man sie dazu verpflichtete, sagte Bosel zu uns, dachte ich. Ich muss, wenn ich nicht verrecken will, hier aus diesem Kessel weg, sagte er, dachte ich, es wäre nicht das Politische, sagte er, wie man vielleicht denken könnte und dieser oder jener auch sagen würde, weshalb ich hier weg muss; so wie sich zum Beispiel diese Kapellenmusiker hinter einer Antistaatshaltung verstecken und schon immer versteckt haben, um sich bequemer verweigern zu können.

Man könne in diesem System nicht Musikmachen, sagen sie, sagte Bosel, dachte ich, und der Schlusssatz des Opus 99 hieb auf mich ein, diese anstachelnden Akkorde und Tonläufe. Doch das ist es nicht, rief Bosel auf dem Feldweg, sie reden sich heraus, diese Nichtskönner, es ist ihre eigene Unfähigkeit, ihre Ignoranz, die sie hindert, die sie behindert, diese Kunstversehrten und Kunstkrüppel. Sie haben die Musikstadt Dresden an diesen Abgrund gebracht, durch ihr ewiges einfallsloses Orchestergefiedel und Orchestergeblase und ihr himmelschreiendes Operngespiele. Sie wollen lieber die 3000. Aufführung des Rosenkavalier an ihrem geliebten Notenpult erleben, das ihnen vertraut ist wie der eigene Nachttopf; ihr geliebtes *Pult*, an dem sie schon seit ihrer Musikergeburt sitzen und sitzen bleiben wollen bis an ihr Pensionsende. Es ist nichts aus ihnen geworden, sagte Bosel, dachte ich, ein ganzes Geiger- oder Bläser- oder Trommlerleben nicht; früher als sie noch jung waren und Studenten wie wir, da dachten sie, es würden etwas aus ihnen, wenn sie an die berühmte Kapelle kämen, wenn sie einträten in diese berühmte Dresdner Hofkapelle, da könnten sie berühmt werden; doch der Orchesterdienst, dieses stumpfsinnige Gefiedel und Geblase und Getrommle hat sie korrumpiert und abgestumpft. Weil sie hier in dieser *Elbkesselstadt* geblieben sind, ist nichts aus ihnen geworden, sagte Bosel, dachte ich. Und sie werden noch hier bleiben und nicht fortgehen aus ihrem geliebten Dresden und weiter abstumpfen und verblöden, wenn irgendwann die Grenzen offen wären, und man hingehen kann, wohin man will, selbst da hocken sie noch im Elbedunst und beten zu sich und ihrer Kunststadt.

Sie haben ihre Träume dem geliebten Notenpult geopfert und werden sie weiter opfern, dieses Notenpult, das sie anstarren, wie einen Götzen oder wie ein erkämpftes Statussymbol, Jahre und Jahrzehntelang. Alle aber, die sich aufgemacht haben und diese stumpfsinnige, sich selbst genügende Stadt, diese Stadt, in welcher der *Kunstnarzissus* zu Hause ist, wo sich jeder

Kapellianer morgens zufrieden im Spiegel anlächelt und sich küssen würde, wenn er könnte. Alle, die in die Welt gegangen sind, haben es zu etwas gebracht, sind etwas geworden, der Hierbleiber aber, sagte Bosel, dachte ich, der Hierbleiber wird zum Untergeher, zum stumpfsinnigen Selbstbefriediger. Wo ist Neues, wo ist Natürlichkeit, wo ist die Kunst, die uns aufatmen lässt, hier in diesem Elbtalkessel? rief Bosel, und breitete die Arme prophetisch aus.

Wir haben nichts zu sagen gewusst, dachte ich, denn wir wussten ja, oder fühlten zumindest, dass er Recht hätte. Und weil man fortgehen muss, werde ich fortgehen, sagte er zum Schluss, denn er wolle unbedingt etwas werden und nicht abstumpfen wie die Hiergebliebenen, und sie blieben allzu gerne hier, die Bequemen, die Selbstzufriedenen. Nicht das Politische, sagte er noch einmal, dachte ich, wäre die wahre Fessel, sondern die Selbstgenügsamkeit, eine weiche, sanfte und bequeme Fessel. Für mich gibt es Grenzen nicht. Für einen Künstler sollte es überhaupt keine Grenzen geben, weder künstlerische, noch geografische. Ihm würde sich, so sagte er, in nächster Zeit eine Möglichkeit bieten. Eine Möglichkeit, gut, das gäbe er zu, die nicht viele hätten, eine Chance also im doppelten Sinn, diese Grenzen zu überwinden, und das täte er, sagte Bosel, dachte ich.

Und so standen wir vor der untergehenden Frühlingssonne im Schönfelder Hochland, standen und schwiegen. Wir glaubten ihm, was er sagte, nicht aber, dass er wirklich fortginge von uns, dachte ich damals auf dem Feldweg, er hat sich in Rage geredet und gewaltig übertrieben, wofür er ja bekannt ist, dachten wir, denn wirklich zu Kempff nach Positano und zu

Pollini nach Mailand, für immer weg aus seiner Heimatstadt, die er doch trotz allem liebte, wie auch wir sie liebten, und ich sie liebe, bis heute, dachte ich auf dem Polsterstuhl, das, glaubten wir, würde er nicht tun, der Bosel.

Ein *Dräsdner*, ein wirklicher *Dräsdner* geht aus seiner Stadt nicht weg, hatte Bosel früher einmal am Biertisch gesagt. War das vergessen? Meine Schwester aber weinte jetzt laut und hemmungslos vor der untergehenden Sonne. Hoffentlich, dachte ich auf dem Feldweg, sinkt sie am Abend wieder, wie damals, als sie mit vierzehn so unglücklich gewesen war, in meine Arme. Wenigstens das wäre erfreulich. Ich will sie trösten, so gut ich kann, und ihr sagen, dass sie versuchen soll, den Bosel zu vergessen.

Natürlich hat sie ihn nicht vergessen, dachte ich auf dem Polsterstuhl und das abschließende Rondo des Opus 99 wirbelte mir im Kopf herum, bis heute hockt er ihr in Kopf und Herzen. Und ein Seitenblick zu ihrem angeregt geröteten Gesicht sagte mir, sie ist immer noch die Seine. Auch haben sie sich ja eine Zeitlang noch geschrieben, nachdem er verschwunden war und in Italien studiert hat und später dann in der Welt umhergezogen ist. Immer, wenn die bunten Karten oder die dicken Briefe aus Italien oder von sonst wo kamen, hoffte ich, dass es die letzten wären, manchmal habe ich Zeitungskritiken und Notizen, wo von seinen Welterfolgen geredet wurde, vor ihr versteckt, aber es hat alles nichts geholfen, dachte ich. Auch als sie nicht mehr bei mir wohnte, sondern zu ihrem Lebenspartner, wie es zu nennen ist, gezogen ist, diesem *Elbtalorchesterdirigenten*, der mit seinem Elbtalsinfonieorchester zu Rentnerfeiern, Gartenfesten und

Benefizgalas mit Lehar und Suppé auftritt und der in der Heckscheibe seines alten, halb verrosteten Mercedes einen Aufkleber *Hier wird dirigiert!* kleben hat, diesen *Dreiviertel-taktdirigenten* habe ich nur zweimal getroffen, zufällig und von mir ungewollt, und gottlob nur ein einziges Mal die Hand gegeben; selbst bei diesem Künstler hat meine Schwester, was ihr zu verzeihen wäre, wahrscheinlich noch an den Bosel gedacht und sich womöglich abends im abgedunkelten Schlafzimmer vorgestellt, sie schliefe mit Stefan Bosel, ihrem Stefan, wie sie ihn immer genannt hat...

Beifall schreckte mich auf: Es ist vorbei. Das Spiel ist aus.
Bosel, Rosensteyn und Laxberner hielten sich an den Händen, die kleine, blasse, unscheinbare *Notenblattumwenderin* stand an der Seite und wusste nicht, ob sie sich auch verneigen, oder ob sie knicksen soll. Von der Seite bekam sie einen Riesenblumenstrauß zugereicht. Jetzt weiß sie, was sie mit ihren verlegenen Händen tun soll, dachte ich auf dem Polsterstuhl sitzend, während die anderen Konzertbesucher um mich her aufgesprungen waren und nun stehend, vereinzelt auch Bravo rufend applaudierten. Auch der Kapellenpilger hatte sich den Künstlern vorn auf dem Podest zugewandt und meine Beobachtung war beendet. Ich sah nun zum ersten Mal seinen Kopf von hinten, sah das helle Kreisrund der Glatze, sah den feisten Nacken und den abgewetzten Anzugkragen. So sehen sie alle aus, dachte ich, wenn man sie von hinten sieht, diese Kapellenfreunde, während ich an meine eigenen kahlen Kopfstellen und an meinen Anzug dachte, den ich trug und der nun schon über zehn Jahre in meinem Kleiderschrank schlaff

und matt ein wenig benutztes Dasein fristete. Immer sind es diese Äußerlichkeiten, die man sieht und für den wahren Menschen nimmt, dachte ich, auch bei diesem Kapellenfreund, der mich beobachtet hatte, ist es die Äußerlichkeit gewesen, die mich alles andere hat denken lassen, dachte ich, als ich in meinen Händen wieder dieses Zittern spürte, dieses Zittern, was ich die ganze Konzertzeit habe unterdrücken können, weil ich vor dem Konzert auf der Toilette noch zwei Tabletten eingenommen hatte, dachte ich; aber auch das Zittern ist eine Äußerlichkeit für die anderen, dachte ich, nicht für mich, denn ich kenne ja dieses Zittern an mir, das mich anfällt mehrmals am Tag, und dass eine Auswirkung meiner ehemaligen Musikertätigkeit ist. Aber das weiß ja keiner, dachte ich, sie sehen mich nur zittern und denken, dass ich eine wahnsinnige Krankheit hätte, sie sehen diese Äußerlichkeit und wissen nichts von mir, so wie ich mich von dem Kapellenpilger habe anstarren lassen müssen und nichts von ihm wusste, wie er nichts von mir wusste, nur, dass er wie einer von denen ausschaute. Diese Kapellembesucher, die seit Jahren, seit Jahrzehnten, seit Jahrhunderten schon so aussehen und diesen Blick haben, diesen Blick, von dem ich dachte und mir eingebildet hatte, dass er allen *Kapellenfreunden* eigen ist. Und dieses Nichtwissen der anderen, wie auch mein eigenes Nichtwissen regte mich auf, ließ mich zittern, zunächst nur in den Fingerspitzen und ich begann einen kleinen aufsteigenden Ärger zu spüren.

Willst du nicht auch aufstehen, rief mir meine Schwester zu. Nein ich will nicht, dachte ich und fragte halblaut: vor diesem Bosel etwa? Die Schwester schüttelte missbilligend den Kopf und wandte sich, wie wild klatschend, wieder den drei Künstlern zu, während dort inzwischen die kleine, blasse Notenumwenderin den Blumenstrauß an Bosel weitergegeben hatte. Dieser zerteilte ihn und warf seinen Kollegen die Blumen zu; wie ein Dompteur seinen Raubtieren die belohnenden Knochen, dachte ich. Rosensteyn drückte eine gelbe Chrysantheme an seine Brust und gab von seinem *Blütenvorrat* eine rote Gerbera an Laxberner weiter, der damit über seinem Kopf fuchtelte. Er erinnerte mich, vielleicht hat es an der roten Farbe oder auch an diesem Winken gelegen, jedenfalls erinnerte ich mich in diesem Augenblick an seinen *gebrandmarkten* Landsmann Nikki Lauda. Sogleich aber schämte ich mich, immer noch inmitten der um mich her stehenden applaudierenden Konzertgäste sitzend, schämte mich wegen dieses Gedankenvergleiches und dachte beklommen an das bevorstehende Abendessen im Kaminski, das nun auf mich zukommen würde, wie ein öffentlicher Auftritt: Ich könnte nicht mehr beobachten, dachte ich auf meinem Polsterstuhl, den ich mit den Händen festhielt, in dessen Sitzpolster ich meine Hände krallte, während es um mich noch immer klatschte und klang, als fliege ein riesiger Taubenschwarm auf; ich könnte dort in diesem Nobelhotel, dachte ich, nichts denken, nicht mehr vergleichen und mich heimlich erinnern, ich wäre auf einmal mitten in meiner eigenen Erinnerung angekommen und in diese Geschichte hineingeworfen, die ich mir mit der Annahme der Konzertkarten eingebrockt hatte, dachte ich.

Das Schlüsselgeklapper kommt näher, draußen auf dem Gang, denke ich auf der Pritsche liegend und ich starre im Liegen mit nach hinten gebogenem Kopf auf die gepolsterte Tür.

Nein, ich habe mich getäuscht, es kommt nicht näher dieses Geräusch, es entfernt sich sogar, wird leiser und leiser, bis es ganz verstummt. Ich atme auf. Wieviel Zeit verbleibt mir, bis sie wiederkommen werden, und die ganze Prozedur von Neuem beginnt; also kann ich noch nachdenken, mich erinnern, ruhig atmen, denken, wie es dazu gekommen ist, dass ich nun hier liegen muss auf dieser harten Pritsche mit der weiß-blau gemusterten Decke, hinter mir die gepolsterte Tür. Diese Tür, die aber eben doch nicht so abgedichtet ist, dass ich mit meinem überfeinen Gehör nicht die Geräusche hören könnte, welche von draußen kommen, und ich sehe weit oben vor mir, unerreichbar das vergitterte Fenster. Ist es schon Morgen oder übermorgen, seit es gestern war, oder vorgestern, denke ich, ich weiß es nicht, und so sehr ich mich auch anstrenge, mir will es nicht gelingen, die Zeit zu messen, die ich schon hier in diesem hellen Raum bin. Hier nun liege und alles an mir vorüberzieht, wie mit langen Gedankenfäden verkettet. Die Deckenleuchte, zu der ich starre, deren quadratische Verkleidungsfensterchen ich immer wieder und wieder zählen will, und doch nicht dahinterkomme, ob es vierundzwanzig oder sechsundzwanzig Quadrate sind, und ich also diese Zählung abbreche, um sogleich aufs Neue von vorn zu beginnen: eins, zwei, drei – bis vierundzwanzig komme ich dieses Mal. Diese Deckenleuchte mit ihrem gelben schattenlo-sen Licht hier in diesem Raum, den ich nicht Zimmer nennen möchte, weil ein Zimmer, egal wie es aussieht, immer für mich eine menschliche Behausung ist, die Menschliches, Widersprüchliches, Leidenschaften zeigt, während dieser Raum nichts Menschliches, nichts vom Leben zeigt, nur kalte Zweckmäßigkeit, unmenschliche Funktionalität, wie sie alle ärztlichen Räume oder auch Gefängniszellen haben.

Dieses gleiche unmenschlich fremde, beinahe unirdische Licht, denke ich liegend, die Arme unter dem Kopf verschränkt, diese unaufdringlich gleichförmige, aber dennoch alles Freundliche, alle menschliche Unberechenbarkeit, alles Natürliche wegblendende Helle war es auch, die mir zuerst auffiel, als ich mit meiner Schwester den Empfang des Nobelhotels „Kaminski", die Lobby, wie sie zu nennen ist, betrat. Und nicht nur dieses fremde, unirdische Licht beeindruckte mich, das von unsichtbaren Strahlern ringsum erzeugt, den an ein altrömisches Atrium erinnernden kreisrunden, von Säulen umstandenen Raum erleuchtete, es waren die Geräusche, die gedämpft, wie gefiltert an mein Ohr gelangten, es waren die Bewegungen der grau und rot uniformierten Angestellten, welche, als gingen sie in Zeitlupe, gemessenen Schrittes, wie es genannt wird, umherliefen, unauffällig plötzlich neben einem auftauchend, in der Haltung gut abgerichteter Kammerdiener, leise, aber doch vernehmlich ihre eingelernten Worte aufsagten, aufgezogenen menschenähnlichen Automaten gleich. Es waren die Gerüche, die ich roch, eine Mischung aus teurem Parfüm, edlen exotischen Hölzern und chemischen Konservierungsmitteln, deutsche Reinheit mit einer imaginären Traumwelt, gewissermaßen riechbar verbunden. Alles war fremd, unnatürlich edel und ich dachte bei diesem Licht, diesen Geräuschen, diesen Gerüchen an

Millionäre, Playboys, Minister und exclusive Künstler, unbezahlbar teure Partygirls, Pelze, Schmuck, an bunte Illustrierte und diese ganze Welt, die mir bisher verschlossen war und die ich nun, da ich sie zu sehen, zu hören und zu riechen begann, sofort hasste, die mir Übelkeit verursachte. Und nicht etwa, wie ich jetzt wieder denke und dort in der Lobby sofort dachte, weil ich ein sogenannter armer Schlucker bin, wie gesagt wird, und ich mir selbst das billigste Standart- zimmer für 255 Euro nicht zu leisten imstande wäre, sondern, weil ich diese Arroganz, diesen Protz, diese unmenschliche, alles menschliche verachtende Unnatürlichkeit und diese *Geldanbeterei* so abstoßend und erbärmlich finde, die diese bedauernswerten, in ihre Uniformen gezwängten, hier tätigen Menschen zu Dienern am Gelde anderer abrichtet. Diese Gedanken und dieses Erkennen ekelte mich derart an, dass ich am liebsten wieder umgekehrt wäre, dem Nobelhotel und dem Bosel und alldem, was nun kommen würde, den Rücken gekehrt hätte.

Ja, ich wollte fliehen, davonrennen, mich verstecken in meinem Zimmer unter dem Bett, wie früher, wenn zu den Eltern nobler Besuch angekündigt war, wollte auf einen Baum klettern mitten im Wald, mich, wie der Zehnjährige von damals, in eine Astgabel setzen und warten, Stunden oder Tage vergehen lassen, nichts essend, nichts trinkend und froh darüber sein, dass mich keiner fände.

Doch, ich blieb neben meiner Schwester in dieser Lobby stehen und wir warteten, wussten beide nicht, ob uns Bosel von einem dieser uniformierten Diener oder seinen Kollegen abholen ließe, oder ob er selbst käme, uns zu begrüßen und an den bestellten Tisch zu bitten, irgendwo in einem der Hotelrestaurants. Meine Schwester sah mich an und zog die Nase kraus, eine entzückende Mimik, die ich an ihr liebe, denn sie hat so etwas rührend Hilfloses, und ich dachte erst, wie ich jetzt auf der Pritsche denke, auch sie fände diesen Hotelgeruch widerwärtig und abstoßend oder sie wollte mir eine Freude mit ihrem Nase-kraus-Ziehen machen, doch dann fiel mir ein, dass es auch mein eigener, von mir sozusagen verströmter Geruch sein könnte, den sie auf diese Weise mit ihrer Nase anzeigen und missbilligen wollte. Denn mir fiel ein, wie ich gleich nach dem Konzert, als ich noch zwei weitere dieser Beruhigungstabletten auf der Toilette eingenommen hatte, mich dort infolge meiner wieder zitternden Händen aus einer Taschenflasche Eau de Cologne, welche ich immer bei mir trage, vorher begossen hatte, mir ein beträchtlicher *„Schwabb"* unters Hemd geraten war, in Hüfthöhe einen kreisrunden Fleck auf selbigem bildend, und ich dann an einem erstaunt blickenden und sein Gesicht abscheulich verziehenden jungen Mann nach draußen, zurück ins Foyer gelaufen war. Das also dachte ich beim Anblick der schwesterlichen Nase und ich zuckte hilflos mit den Schultern. Und während wir weiter in dieser Lobby standen, meine Schwester und ich, da dachte ich, wie wir nur *hinübergegangen* waren, wie zu sagen ist. *„Hinübergegangen"* ! Oh, welche sinniges Wortspiel mir da in den Sinn kommt, auf der Pritsche liegend. Denn nur *über die Straße*, denke ich, waren wir gegangen, von der Galerie mit ihrem Gobelinsaal *hinüber* zum Palais, das nun „Kaminski" heißt. Arm in Arm, wie gesagt wird. Meine Schwester in ihrem „kleinen Schwarzen" und ich in meinem älteren Anzug. Wir bestaunten die alten, angestrahlten *Ehrfurchtsfassaden*, die so anders aussehen bei Nacht, als sie sich am Tage dem Betrachter zeigen, so im Spot der heutigen Welt, wo alles unnatürlich und künstlich ist, dachte ich am Arm meiner Schwester vom Gobelinsaal hin zu diesem Nobelhotel gehend.

Und dann standen wir, nachdem wir *hinübergegangen* waren, in Erwartung einer Begrüßung, eines Empfanges durch Bosel in dieser Lobby. Doch der Bosel kam nicht, er ließ sich nicht blicken, auch nicht seine Kollegen, der Rosensteyn oder der Laxberner; wir standen also allein, jeder für sich, getrennt durch ein paar Zentimeter Kaminski Luft und ich dachte gerade wieder, wie unerträglich es doch ist, sich den Gewohnheiten und Lebensgebräuchen anderer Menschen anpassen zu müssen, wie solchen Berufsmusikern vom Schlage eines Bosel, deren erste ordentliche Mahlzeit nicht vor dreiundzwanzig Uhr beginnt, mit einer Vorsuppe womöglich, so dass der Hauptgang dann eine Stunde später nachfolgt, solchen Künstler, die niemals vor zwei oder drei Uhr am Morgen in ihr Bett gehen, um dann am hellen Tag gegen elf Uhr vormittags mit geschwollenen Augen aus ihrem Hotelbett zu kriechen, dann also, wenn unsereiner schon den ersten dienstlichen Zusammenbruch erlitten, den zehnten Kaffee getrunken hat; da suchen diese Herrschaften mit ihren tastenden Künstlerhänden die Badegaloschen oder ihre geblümten Hauspantoffeln, die sie als Glücksbringer überall mit hinnehmen. Ja, wenn man also als Gast, wie meine Schwester und ich, in diesem Nobelhotel auf den Bosel wartend, diesen Leuten sozusagen aus lauter Höflichkeit ausgeliefert ist, man sich nicht von der Stelle rühren kann, aber einem der Magen knurrt, dieser Magen, der nichts von Höflichkeit hält und auch nicht zu warten gewillt ist und sich also lautstark bemerkbar macht, sozusagen nach Hilfe rufend; wenn man festgeschraubt steht auf der teuren Auslegeware, dann, ja dann ist man zum bedauernswertesten Geschöpf geworden, welches das menschliche Zusammenleben kennt - einem wartenden, hungrigen und unbeachteten Gast.

Bosel kommt nicht, dachte ich in der Lobby neben meiner Schwester, es war eine Laune von ihm, uns einzuladen, eine Geste, die er längst vergessen hat, während er jetzt unter der Dusche mit den goldenen Wasserhähnen steht und seinen Heldenkörper abbraust, sich einseift mit der Kaminskiluxusseife aus dem Werbepack, die ihm ein ewig lächelndes dümmliches *Zimmerbesorgungsgeschöpf*, vermutlich weiblichen Geschlechts, vorsorglich, vielleicht auch mit verwegenen Gedanken, nämlich einmal einen solch bedeutenden Herrn ganz privat kennen zu lernen, zusammen mit den flauschigen Frotteetüchern hingelegt hat; ja, während Bosel uns, seine *Eingeladenen*, sozusagen *verladen* hat, wir also von *Eingeladenen* zu *Verladenen* geworden sind, und in seinem Kopf ganz andere Dinge spazieren gehen, dachte ich in der Lobby, da sind wir als seine gedachten Gäste, von ihm in eine Art Haft genommen, können uns nicht von der Stelle rühren und müssen warten bis, ja bis... da wüsste ich nun nicht mehr weiter, was zu tun wäre, dachte ich.

In diesem Augenblick, gerade als ich diese Gedanken abgebrochen hatte, wurde ich auf eine Gruppe Hereinkommender aufmerksam, eine Gruppe Männer und Frauen, vielleicht sieben oder acht, die sich zuerst laut unterhielten, dann aber nach dem Betreten der fremdartig leuchtenden Lobby leiser geworden waren, und ich erkannte in deren Mitte meinen Kapellenpilger, wie auch der mich mit seinem Konzertbesucherblick sofort erspäht hatte, und wir starrten uns an. Ich starrte ihn an und er mich, und ich sah seine Begleiter in teurer Landhausmode mit Hornknöpfen und gestickten Applikationen. Sie aber sehen mich in meinem alten schäbigen Anzug, einen östlichen Ureinwohner aus dieser Kunststadt, dachte ich neben meiner Schwester stehend, sehen mich armselig dastehen, diese Stadtbesucher aus dem Königreich Bayern, welches es immer noch ist mit seinen goldenen Löwen und seinem ewigen Weiß-Blau, und ich hörte, wie zur Bestätigung, ein deutliches „gema", was von meinem Kapellenpilger kam, der sich also sprachlich seinen Gästen anpasste, eine typischen mich immer wieder erregende Eigenart meiner Landsleute aus der Kunststadt, diese Sprachverschiebung, nämlich die Mundarten von Gästen und außersächsischen Bekannten und Verwandten nachzuahmen, sich sprachlich also zu degradieren und eine Hässlichkeit durch die andere auszugleichen. Dort, wo er als Dresdner doch einfach „kommt nu" hätte sagen sollen, sagte er dieses „gema" und er warf sich mundartlich in die Bayernkiste, biederte sich ekelerregend diesem gemeinen Bergvolk an. Und ich dachte neben meiner Schwester stehend, dass wir Anbiederer und Lakaienseelen hätten, dass wir in unserer sächsischen *Gemietlichkeet* und *Freindlichkeet*, wie es genannt wird, in Wahrheit nur Kriecher und Speichellecker wären, sprachlich instabil, mundartliche Nachäffer ohne Stolz; würde ein Bayer in Bayern etwa zu seinen Gästen im nobelsten Hotel von München auf einen Barockhocker zeigend ausrufen *„Guck emah dieh Hitsche dorte!"*, niemals würde der das tun, dachte ich, nur hier diese Dresdner Sachsen werfen ihre Muttersprache weg und heucheln in fremder Mundart, um sich gemein zu machen. Das ist die Wahrheit, sagte ich zu mir.

Aber wahrscheinlich dachte ich lauter als beabsichtigt und war abgelenkt, denn im selben Moment, da sich dieser Stadtbesucherzug in seinen Trachtenjacken, auch mit Filzhütchen und Gamsbart, die strammen Waden in gemusterten wollenen Kniestrümpfen, und der Kapellenführer vor ihnen herging, stolz sich wendend nach allen Seiten, die Arme gereckt und auf alles gleichzeitig zeigend, während die wässrigen Äuglein seiner Gäste neugierig hinter Goldbrillen glänzten, in diesem Augenblick also trafen mich von hinten rechts die Worte:

„Ah, Servus, da stehen´s ja. Guten Abend. Kommen´s mit ins *Intermezzo*. Dort tafeln wir heuer!"

Das konnte nur Laxberner sein, ich fuhr herum und sah dem Cellisten mitten ins Kerntner Blassgesicht. In seiner österreichischen Galanterie bot er meiner Schwester den Arm. Sie hakte sich unter.

„Gestatten´s!" rief er munter und ich ging hinter den beiden quer durch die Lobby. Wir erreichten das Vestibül, durchschritten diese barocke Kulisse aus Gips, Farbe und hellem unnatürlich unberührtem Sandstein, und ich dachte verärgert, im Vorbeigehen von den in *antiken* Sesseln Sitzenden oder Lümmelnden in unerträglicher, gewissermaßen ungenierter Weise taxiert und beobachtet, dass sie hier in dieser künstlichen Barockstadt nur den Barock kennen, nur diese

Nymphchen und Satyrgestalten. Eine wahre Orgie in barocker Nachahmung hat um sich gegriffen, dachte ich. Als ahnungsloser Passant kommt man in das barocke Zentrum, die Königstraße, will nur die Straße entlang oder sich vielleicht an den überteuerten Preisen erregen, da plötzlich starrt einen so ein verkleideter Hausdiener an, lächelt mit seinem gepuderten, geschminkten Schwitzgesicht, wackelt mit dem Zöpfchen, das ihm artig Schwarz beschleift nach hinten hängt, streckt das in einer bunten Theateruniform eingezwängte Bäuchlein vor, und überreicht einem dann ein Prospekt der Dresdner Bank oder irgendeinen gereimten mundartlichen Unsinn.

Auch hier auf der breiten barocken Revuetreppe im Vestibülum des Nobelhotels stehen solche Gestalten, sogar noch um diese Zeit, dachte ich vorbeigehend. Sie standen unbeweglich, die Hände dienstverweigernd auf dem Rücken, und lächelten ihr Barocklächeln, das Lächeln einer Stadt; einige standen auch mit Leuchtern und ich bin, das Laxberner-und-meiner-Schwester-Hinterherlaufen unterbrechend, schwungvoll nach links abgebogen, zu einem solchen hin. Vielleicht, so dachte ich, sind diese bunten Perückenträger bloße Puppen oder, wie man es vor Kneipen kennt, sozusagen nur zweidimensionale Pappfiguren. Also umlief ich einen solchen Kameraden. Doch er schien zu leben, denn, obwohl er sich nicht bewegte und seine Leuchter tapfer ohne zu wackeln hielt, begleitete er meinen Rundumlauf mit den Augen, freilich nur bis zum linken oder rechten Augenanschlag, und ich glaube nicht, dass, als ich hinter seinem Rücken war, er nach vorn das Weiße dieser Augen gezeigt hat. Als ich dann, wieder vor seinem Gesicht angekommen, ihm aus nächster, aus ehrverletzender Nähe, wie gesagt wird, ins Antlitz starrte, mit tierischem Ernst, sozusagen und mit drohend zusammen gezogenen Brauen, da kam mir der verrückte Gedanke, ihn, diesen barocken Schweiger, so lange anzublicken, und meine Nasenspitze sollte von der seinen nur etwa zwei Zentimeter entfernt sein, ihn also so lange zu fixieren, bis er seine Fasson verlöre und entweder zu lachen, zu niesen oder auch eine Schimpfkanonade auf mich loszulassen beginnen würde.

Also blieb ich derartig verharrend stehen, entschlossen nicht eher zu weichen. Entweder er oder ich, dachte ich, und mir fiel ein altes Kinderspiel ein. „Wer zuerst lacht!" hatte es geheißen, und ich hatte es mit einer Tante gespielt in fernen Kindertagen. Wenn sie aus Leipzig, wo sie wohnte, zu uns auf Besuch kam, die kleine Tante Erika, wie sie hieß, musste sie sich an den Küchentisch setzen und sich mit mir im Ernstbleiben messen. Meistens gewann sie, denn ich hielt es nicht lange aus, in ihr todernstes Gesicht zu starren. Sie verzog keine Miene, die kleine Tante, wenn ich auch manchmal glaubte, in ihren hellen Augen kleine tanzende Lachfünkchen gesehen zu haben. Sie saß am Tisch, der Kopf überragte die Tischkante nur um wenige Zentimeter, was an sich schon komisch war. Sie rührte und regte sich nicht, blickte mit unbewegtem Gesicht und starren Augen. Dennoch schien sie von innen her bersten zu wollen, das las ich ganz deutlich aus dieser mit festen Muskeln und Fasern zusammengehaltenen unbeweglichen Miene. Ich musste losprusten, bekam wilde Lachanfälle und hatte wieder verloren. Jetzt sollte, hier im Nobelhotel Kaminski, fünfunddreißig Jahre später, auf der Freitreppe im Vestibül der barocke Leuchterhalter verlieren.

Ich blieb ernst und schaute ihm mit einem Begräbnisgesicht in die Augen. Aber er rührte sich nicht. Er zuckte mit keinem Zipfelchen seines geschminkten, gepuderten weißen Gesichtes. Inzwischen waren einige Gäste aus ihren Sesseln aufgestanden und näher gekommen, sie wollten sehen, was sich hier ereignete. Vielleicht ein inszenierter Gag der Hotelleitung, dachten sie und unterhielten sich leise. Plötzlich ging in meinem barocken Gegenüber eine Veränderung vor sich. Zuerst atmete er hörbar ein, seine Brust hob sich, dann bebten die Nasenflügel, während sich um die Augen winzige Fältchen zusammen schoben. Schließlich entließ er die Luft hörbar durch den Mund, gab seine starre Haltung auf, senkte den Leuchter, so dass die Kerzen zur Erde fielen, und rief er dann: „Do legst di nieder!" Er lachte schallend und laut. Es schüttelte, es rüttelte ihn auf einmal, er bog sich förmlich nach vorn, ließ die Zunge aus dem lachend geöffneten Mund hängen und Speichel tropfte zur Erde. Die gepuderte Perücke rutschte bis zu den Augenbrauen. Tränen liefen ihm über Wangen und Kinn, bald ähnelte seine geschminkte und gepuderte Gesichtslandschaft einer zerlaufenen Torte, oder dem berühmten Clown, dem beim Abschminken die Tränen gekommen waren, oder dem lachend weinenden Bajazzo aus der so genannten Oper. Und fortwährend rief er, der lachende Barockdiener, wenn er zwischen seinen Lachattacken außer Atem zu Wort kam: „Do legst di nieder! Su an Lackl damischer!" Die umstehende Gäste wussten nicht, ob sie mitlachen oder empört sein sollten, von Ferne sah ich schon einen grau-rot Uniformierten heraneilen. Ein bayrischer, kostümierter Kerzenhalter, dachte ich, welche Symbolik kurz vor Weihnachten, vielleicht aus Nürnberg. Nicht einmal die Barockfiguren lassen sie uns, dachte ich, nicht einmal unseren eigenen Kitsch dürfen wir mehr selber machen, eine Schande, dachte ich. Auch schien mir, als ob der hell farbige Putz hier im Vestibül, vielleicht durch diese Lachorgie, kleine feine Risse bekommen hätte, als ob alles mit einem Mal abgenutzt und entzaubert wäre, und mit dem Wörtchen „Gewonnen!", das ich zu mir sagte, wandte ich mich ab und lief mit weiten, schnellen Schritten meiner Schwester und Laxberner nach, die das Restaurant mit dem einfallslosen Namen „Intermezzo" inzwischen schon erreicht hatten. Das Zittern der Hände, das ich so fürchtete in der Öffentlichkeit, dachte ich, während ich vorwärts schritt, dieses Zittern, dass sich auch in der Lobby, während des Wartens, trotz aller Tabletteneinnahmen, wieder bemerkbar gemacht hatte, schien sich verloren zu haben. Zufrieden, beinahe heiter steuerte ich auf den Tisch zu, an dem ich meine Schwester, Laxberner und Rosensteyn erkannt hatte.

Der Stefan kommt „a bissel" später, sagte Laxberner jetzt, wie ich mich auf der Pritsche erinnere, er lässt sich entschuldigen und wir sollen uns nicht stören lassen und mit dem Essen schon beginnen. Rosensteyn reichte mir seine kleine feste Geigerhand, verneigte sich vor meiner Schwester, und ich dachte, dass er sich bestimmt auch schon vor Augenblicken so verneigt hätte, als meine Schwester mit dem Laxberner an den Tisch getreten war, dass er sich bereits viele Male verneigt hätte, dieser *Zigeunergeiger*, und dass er sich im Laufe des Abends noch weitere Male verneigen würde, aufstehen, verneigen, immer wieder, vor jedem Satz, den er sagen, vor jedem Bissen, den er essen würde. Ein *Unsympath*, dachte ich, während er von weitem auf der Bühne beim Triospiel, viel angenehmer, beinahe weich, wenn auch mit südlichem Feuer auf mich gewirkt hatte.

Also wandte ich mich ab von ihm, und schaute mich um im fast vollkommen leeren Restaurant, und da entdeckte ich, hinter einer Säule verborgen, meinen Kapellenpilger mit seiner Schar. Ich sah nur sein Profil, doch das genügte, um meine Stimmung, die seit dem Eintreten in dieses *Intermezzo* schon wieder im Sinken gewesen war, wie ich auf meiner Pritsche gerade denke, nun weiter zum Nullpunkt zu bringen. Doch offenbar hatte der *Kapellianer* mich noch nicht bemerkt, denn er saß, mir seine Seite zuwendend, halb verdeckt von dieser lieben, guten Säule und sprach mit seinen Gästen.

Also holte ich Luft, gerade im rechten Moment, denn ein grau roter Bediensteter war mit devoten, leisen Schritten an unseren Tisch getreten, um sein Sprüchlein aufzusagen. Er sagte diese eingelernten, gedrechselten, aber gerade dadurch so unpersönlichen und abstoßenden Worte, er begrüße uns in einem Hause, welches von Pöppelmann im Auftrage Augusts des Starken erbaut worden wäre. Natürlich, dachte ich, die ledergebundene zwei Pfund schwere Speisekarte mit beiden Händen haltend, wie kann es auch anders sein, wo jeder Pflasterstein in dieser barocken Kunststadt auf Weisung dieses gnädigen Herrschers in den Kies gehämmert wurde, wo alles an diesen Kleinkönig erinnern soll, wo die famosen Reiseführer ihre Reisegruppen auf die Dresdner Nasen aufmerksam machen, diese sogenannten Entenschnabelnasen mit dem kleinen Höcker in der Mitte, denn der gnädige August hätte so viele Nachkommen hinterlassen, nicht nur einen Moritz von Sachsen aus der Liebelei mit der Aurora von Königsmark oder den Grafen Rutowski, der ihm von der schönen Türkin Fatime geschenkt wurde, oder die Sprösslinge der Gräfin Cosel; nein, dieser August hat auch bei einfacheren Untertanen seinen wertvollen Samen eingesenkt, bei Zahllosen und Ungezählten und Ungenannten, die nun ausnahmslos seine Entenschnabelnase trügen, die er so grandios vererbt hätte, ohne den Anspruch einer Staatspension oder eines gutbezahlten Postens freilich, wie auch diese Nachkommen nun ihrerseits wieder Nachkommen mit diesen Nasen gezeugt hätten, selbstredend ohne irgendeinen Anspruch; und diese dann hätten weitere gezeugt und so fort. Also aufgepasst, liebe Reisegruppe, sagt der famose Reiseführer, neuerdings auch mit schwäbischem Akzent, sollten sie solchen Nasen begegnen, sagt er, dann Augen auf, es könnten Ururururenkel des lendenstarken Sachsenkönigs sein! Und solcher Art an der Nase geführt laufen die Touristen durch des Augusts steinernen Nachlass und schauen unsereinem auf die Entenschnabelnase!

Der Kaminski-Bedienstete indes redete weiter in seinem Singsang, dass er sich freue, gerade uns, und uns gerade *heute* in diesem Hause begrüßen zu können, denn wir säßen just auf selbigen Platz, auf dem *taggenau* vor ein paar Monaten der Österreichische Bundespräsident, damals mit seiner Gattin, gesessen habe, was mich zu der Nachfrage verleitet hat, sozusagen aus politischen Gründen zu ergründen, auf welchem Stuhl denn der wichtige Mann nun wirklich gesessen hätte. Und als dann der Hotelangestellte etwas irritiert, denn ich hatte ihn, zwischenfragend wie ein

Wege liegendes Hindernis aus seiner Redespur gebracht, als dieser also genau auf meinen Platz zeigte, habe ich, dem Laxberner feierlich die Hand über den Tisch reichend, mit ihm sofort den Platz getauscht. Ein verhängnisvoller Fehler, dachte ich auf meinem neuen Platz sofort, wie mir auf der Pritsche wieder einfällt, denn nun würde mich der Kapellenpilger, wenn er mich endlich bemerkt haben würde, den ganzen Abend im ständigem Blick halten können.

Schließlich ging es doch um das Abendessen und wir bestellten nach längeren Beratschlagen das Große Palaismenü für 5 Personen. Laxberner wählte den Wein. Als Österreicher, sagte er, wäre er Weinkenner. Was kennen die Österreicher nicht alles, dachte ich sofort, wo doch der einstige Hundertvölker-staat inzwischen auf ein kleines vertrocknetes, bergiges Restchen zusammengeschrumpft ist. Freilich, kommt man nach Wien, das will ich zugeben, sagte ich zu mir, muss man durch endlosen Weinstock-kolonien, die sie sich als Ersatz für ihr einstiges Weinland Ungarn vor der Haustüre erhalten haben. Doch gleich daneben sieht man, wie man weiß, riesige Zuckerrübenfelder, die sie brauchen, um ihren *quieke-sauren* Wein aufzupeppen, dachte ich.

Laxberner, ganz weinkundiger Weltmann, war in seinem Element: Französische, griechische, italienische, spanische, argentinische Weinsortennamen und solche aus dem Burgenland (die aufgezuckerten, ha, ha, dachte ich) flogen hin und her, er machte es dem Grau-Roten nicht einfach, der Cello spielende Weinkundler, verlangte zusätzliche Weinkarten, fiel in seinen Kerntner Nuscheldialekt. Dann war es geschafft.

Guter Wein, sagte er zu mir, ist wie gute Musik, und ich gestehe Ihnen, dass ich mein Cello erst nach einem oder zwei Gläsern südfranzösischen Rotweins richtig spielen kann.

Genau wie ich, rief der Rosensteyn, sprang auf und verneigte sich. Du? fragte Laxberner, du trinkst doch keinen Alkohol, vielleicht meinst du irgendein Fruchtwasser oder eine Cola. Wenn du zwei Gläser Wein trinken würdest vor deinem Geigenspiel, du fändest keinen Einsatz mehr, spieltest mit dem Bogen nahe am Griffbrett, deine Geige klänge heißer. Das ist nicht wahr, rief Rosensteyn in seinem gebrochenen Deutsch und schwieg erbost.

Meine Schwester, die bis jetzt geschwiegen hatte, sah den aufkommenden Streit, wollte schlichten, hinlenken zu anderem, sie fragte: Herr Laxberner, Herr Rosensteyn, wie lange spielen Sie eigentlich schon mit dem Stefan, mit Herrn Bosel. Erzählen Sie, das interessierte mich und sicher auch meinen Bruder (sie blickte kurz zu mir herüber). Wo lernten Sie sich kennen, was eint sie in Ihrer Musik, bitte, bitte, sagen sie uns das. Die Beiden nickten fast gleichzeitig, und wollten auch zugleich mit dem Reden beginnen, so als spielten sie in ihrem Trio und meine Schwester hätte den Einsatz gegeben, sie hoben die Köpfe, öffneten die Münder, doch, da Rosensteyn wieder aufgesprungen war, um sich zu verneigen, kam Laxberner als erster zu Wort: Seit dreizehn Jahren spielen wir nun schon zusammen, sagte er, hörte ich, wie ich auf der Pritsche jetzt denke; seit vierzehn, rief der Rosensteyn dazwischen, nein seit dreizehn, entgegnete Laxberner unerschütterlich. Seit dem Jozef Suk Kurs in Prag vor vierzehn Jahren, kam es von Rosensteyn, der wieder aufgesprungen war und sich verneigt hatte. Bleib doch mal sitzen, sagte Laxberner ärgerlich, denke ich auf der Pritsche, es ist dreizehn Jahre her und es war, da hast du Recht, zum Jozef-Suk-Kurs für Kammermusik in Prag.

Wir hörten den Stefan Bosel spielen und wir dachten beide gleichzeitig, mit dem wollen wir zusammen spielen, obwohl der Stefan ja der typische Solopianist ist, wie gesagt wird, zu laut für die Kammermusik, dachten wir, fällt mir auf der Pritsche ein.

Wir hörten ihn, wie er zur Eröffnung des Kurses ein Solo-Konzert gab. Er spielte das 2. Klavierkonzert von Brahms in B-Dur Opus 83.

Wir hörten, und wir dachten unabhängig voneinander, aber gleichzeitig, mit dem wollen wir Kammermusik spielen, mit dem oder keinem, dachten wir, sagte der Laxberner, denke ich jetzt liegend, und Rosensteyn nickte stumm.

Er spielte mit den Prager Sinfonikern, und Suk dirigierte, und die Prager Sinfoniker sind ein Spitzenorchester, sagte Laxberner neben dem stumm nickenden Rosensteyn, aber Bosel, unser Bosel, sagte er, denke ich, nickte der Rosensteyn, wie auch meine Schwester, die ebenfalls genickt hatte. Der Stefan gab die Interpretationsrichtung vor, indem er von Beginn an kraftvoll, ohne jedoch allzu sehr zu dominieren, in die Tasten griff. Wie er bereits im ersten Satz die großen Spannungsbögen formte, die er aus den winzigsten Motivpartikeln von pianissimo bis fortissimo gestaltete, wie er die immensen technischen Schwierigkeiten mit spielerischer Leichtigkeit meisterte, all das faszinierte uns, und auch Suk war begeistert, denn es war, als flöge das Orchester vom Solisten mitgerissen bis in höchste Höhen mit.

Wir haben dann gleich in Prag das erste Trio, ich glaube es war Haydn, zusammen gespielt. Nein Beethoven, rief Rosensteyn wieder, es ist Beethoven gewesen, erinnerst du dich nicht? Meinetwegen Moshe, damit du Ruhe gibst, war es Beethoven, obwohl es natürlich und ganz selbstverständlich Haydn gewesen sein muss, denn ich hatte die Noten besorgt, und wollte ja erst Beethoven beschaffen, habe dann aber nur Haydn bekommen. Einen Österreicher für einen Rheinländer, und von da ab, sagte Laxberner lachend, haben wir fest und regelmäßig zusammen gespielt. Und immer wieder auch diese beiden Trios von Schubert, fragte meine Schwester. Ja, sagte Laxberner, diese Trios haben wir immer wieder gespielt, und wir sind von der Kritik und vom Publikum deswegen gefeiert worden.

Aber dieser Schubert-Erfolg wäre nicht voraus zu sehen gewesen, sagte Laxberner, während Rosensteyn wieder aufgesprungen und sich verneigt hatte, denn wer hört heute noch Schubert, wo alle die Musikliteratur des zwanzigsten Jahrhunderts hören wollten, besonders in diesen Weltmetropolen, wie sie genannt werden, sagte er. Ja der Schubert wäre mit der Zeit ihr Markenzeichen geworden, sie hätten ihn verinnerlicht, mit ihren Seelen immer besser verstanden und sie hätten angekämpft mit Franz Schubert gegen die Moderne. Mit einem Helm, einem Schwert und einem Schild, alles von Schubert, dachte ich dem Laxberner gegenüber sitzend. *Schubert-Trio* hätte man sie genannt, sagte Laxberner, der Ruf *Schubertianer* wäre ihnen vorausgeeilt von Stadt zu Stadt.

Und aus den Schubertianern sind nun zu *Boselianer* geworden, sagte ich zu mir, mit der Zeit wurden sie alle zu *Boselianern*, ist der Bosel und nicht der Schubert ihr Markenzeichen geworden. Und Laxberner redete weiter: natürlich hätten sie immer wieder in Klagenfurt gastiert, und in Tel-Aviv und in Dresden, in diesen Städten, die ihre Heimat geblieben wären trotz aller Weltauftritte und trotz allen Hasses. Immer wieder Klagenfurt, immer wieder Tel-Aviv, immer wieder Dresden. Ja, sagte Laxberner, nichts hassen wir mehr als diese Städte, ich dieses Klagenfurt, der Moshe sein Tel-Aviv und der Stefan sein Dresden, aber nichts mehr lieben wir auch, sagte er, wir lieben diese Städte mehr als alles andere auf der Welt und wir hassen diese Städte, wie nichts sonst, sagte er, denke ich jetzt auf der Pritsche. Eine Hassliebe, denke ich, die auch ich empfinde, wenn ich an Dresden, diese Kunststadt, diese Barock-sein-wollende-Kleinbürgerstadt denke, ja, eine hassende Liebe und ein liebender Hass ergreift mich, wenn ich mich des Bosel erinnere, den ich liebe und den ich hasse zur gleichen Zeit, den ich verwünsche und verehre wie keinen anderen meiner Freunde.

Und nichts ist ja schwerer für Trio-Spieler, sagte Laxberner, nickte Rosensteyn, als Schubert zu spielen, diesen leichten, schweren Schubert, bei dem man nie weiß, ob die Tränen, die aus seiner Musik hervorquellen, diese hellen heißen Tränen vom Lachen oder vom Weinen kommen, dieser verfluchte Schubert, den wir lieben und mit dem wir so erfolgreich sind. Während ich in Gedanken das Wort Schubert durch Bosel ersetzte, auf meinem Stuhl Laxberner gegenüber sitzend, dachte ich weiter, dass alle Musiker, wie auch alle Schauspieler, die allermeisten, nein alle Künstler immer gerade das lieben, mit dem sie Erfolg haben, das Bosel Trio ihren Schubert und gleichzeitig ihr Markenzeichen den Stefan Bosel, die Schauspieler am Deutschen Theater den „Drachen", die Brechtbühne ihre „Mutter Courage", der Pollini seinen Chopin, der Brendel seinen Beethoven, der Maisky seinen Schumann, wie der Gould seinen Bach geliebt hatte. Es sind ihre Schätze, die sie lieben: „Wo dein Schatz ist, dort wirst du dein Herz hinhängen!" und ich dachte an mich: Was liebte ich? Wo wäre mein Erfolg? Wer ist mein Schatz? Und ich fand keine Antwort, denke ich, wie ich niemals irgendeine Antwort auf meine mich betreffenden Fragen gefunden habe, ein ganzes Leben lang.

Rosensteyn, der die ganze Zeit, neben Laxberner sitzend, darauf gewartet hatte, nun auch zu Wort zu kommen, der auf seinen Einsatz lauerte, passte den letzten Satz seines Kollegen ab, sprang auf, verneigte sich und sagte, nein, ganz wäre er nicht der Meinung seines verehrten österreichischen Kollegen, denn zwar sei der Schubert das Schwerste in der Kammermusik überhaupt, aber die Klavier Trios von Mendelssohn, Tschaikowski und besonders die von Schumann wären nicht minder schwierig, und nur, weil der Schubert ein Landsmann von ihm, dem Laxberner sei, und er deshalb sozusagen als Lokalpatriot befangen wäre, könne man den Schubert nicht über alle anderen stellen...

Er als Violinist..., wollte er noch sagen, der Moshe Rosensteyn, doch da rollte das Essen auf metallenen Wägelchen heran, und er verstummte. In silbernen Schüsseln und Terrinen, mit silbernen Hauben abgedeckt fuhr es heran, geschoben von zwei kostümierten Kellnern. Hört denn der Mummenschanz nicht einmal zum Essen auf, dachte ich, als ich die Bürschlein sah in ihren zu großen Perücken und den schlecht sitzenden Uniformjacken, die sich, als sie mit ihrer dampfenden Fracht heran waren, sofort daranmachten, um uns her mit kreisenden Bewegungen und mit angewinkelten Armen, so als wollten sie einen Beschwörungstanz aufführen, Teller, Besteck, Gläser, Servietten, allerlei Schüsselchen und Näpfe nach einer unverständlichen und geheimen Ordnung aufzubauen. Dazu lächelten sie ununterbrochen wie ihre steinernen Kollegen, da draußen auf den Simsen und Ballustraten. Ich folgte diesen Vorbereitungen mit interessierten Blicken, beinahe amüsiert, wie ich mich hier auf dieser Pritsche erinnere, meine Schwester saß kerzengerade und unbeteiligt da, während die beiden Musiker gierigen Auges, wie zu sagen wäre, jede Handreichung der Uniformierten beobachteten.

Musiker sind ja, dachte ich, während eine köstlich duftende Suppe in zierlich bauchige Gefäße gefüllt wurde, wahre Essensverschlinger. Sie gleichen, dachte ich, während der knusprige Braten zerteilt wurde, ungenierten Fressmaschinen. Einmal, so erinnerte ich mich, hatte ich in einem Hotel in Köln gewohnt, und eines morgens zeitgleich mit japanischen Musikern das Frühstück eingenommen. Nicht vorstellbar war, wie diese Mitglieder eines Tokioter Sinfonieorchesters, dessen Namen ich nicht mehr weiß, das aufgestellte Büfett niedermachten, welche Geräusche sie dabei von sich gaben und wie sie den kahl gefressenen Frühstücksraum hinterließen. Niemals wieder habe ich solches gesehen, auch das türstehende Hotelpersonal hatte Augen gemacht und die sind doch, so dachte ich damals, einiges gewöhnt. Auch hier, vor mir am

Tisch sah ich nun den Laxberner und den Rosensteyn, wie sie zwei hinter ihren Gittern wartenden Raubtieren glichen. Vielleicht fräßen sie die dürren, uniformierten Kellner gleich mit, dachte ich. Diese traten mit ein, zwei grazilen Schritten zurück und warteten, ob wir mit dem Essen, sozusagen unter ihrer Aufsicht, begännen, und ob wir ihrer Hilfe und Handreichung noch bedürften. Laxberner winkte lässig mit seiner schmalen weißen Cellistenhand, sie mögen sich entfernen, was sie unter mehrfachen Verbeugungen rückwärts schreitend auch taten, dann rief er: „Na, da wollen wir mal. Hob ieh an Hunger!" und er fügte an, „dan Steferl san Teil essen wir gleich mit. Warum kommt er so spät!"

Hätte ich an dieser Stelle, während Laxberner von Bosel sprach, den Rosensteyn genauer beobachtet, so wäre mir ein wissendes Lächeln, dass über seine Züge glitt, ein Lächeln, wie es Eingeweihte zeigen, nicht entgangen und ich wäre vorbereiteter in den folgenden Verlauf dieses Abends gegangen. So aber faszinierte mich die Laxbernersche Gier, diese tierische Fresslust, wie sie so vielen Österreichern, besonders auch den österreichischen Musikern eigen ist. Wer jemals, denke ich jetzt liegend, den Wiener Philharmonikern nach ihrem alljährlichen Neujahrskonzert beim anschließenden Bankett zugesehen hat, der wüsste, was ich meine. Aber auch Rosensteyn, der Israeli, schien ausgehungert.

Im Takt, ich bin nicht imstande zu sagen, ob im vier Viertel oder drei Viertel, ob im sechs Achtel Takt, auf jeden Fall gleichzeitig tauchten beide, der Laxberner und der Rosensteyn, ihre Löffel in die Suppe, und sie löffelten ihre Suppe in wenigen Sekunden aus, gossen sich nach und löffelten wieder, betupften ihre Münder zwischendurch mit den bereit liegenden Servietten, löffelten um die Wette, sprachen kein Wort, holten Luft, tauchten die Löffel in die Suppe; ein Wettlöffeln war das, und ich sah wie sich auch meine Schwester, die bedachtsam und langsam aß, sozusagen jeden Suppenschluck mit Gaumen und Zunge einzeln verwertend, über die beiden wetteifernden Gierlöffler amüsierte. Sie kannte diese Fressgier ja von Bosel, mit dem sie ein paar Mal Essen gegangen war, wie ich wusste und mich neben ihr sogleich erinnerte. Auch der kannte, wenn er hungrig war, weder Tischsitten noch ein vernünftiges Maß an Menge und Zusammenstellung seiner Speisen. Ich fresse, wenn ich Hunger habe, pflegte er zu sagen, auch nach Mitternacht noch so, als wäre es zwölf Uhr Mittags.

Mein Magen indes hatte sich schon in der Lobby gemeldet, und ich hatte Hunger, aber ich löffelte, gleich meiner Schwester, meine Suppe in gemessener Weise aus, besonders darauf bedacht, bei flüssigen Speisen, wie dieser legierten Suppe, nichts zu verkleckern, was bei meinem Zittern, das auch manchmal ganz plötzlich beim Essen auftrat, jederzeit passieren konnte. Während ich also löffelte, konzentriert und korrekt, wie es genannt werden muss, wanderte mein Blick über den Löffelrand, am Tisch entlang, kletterte an Laxberners Schulter hoch und fiel also auf den Tisch neben der lieben Säule, wo ich meinen Kapellenpilger und seine bayrischen Jünger vermutete. Doch, ich erschrak, da saß niemand mehr, denn etwas weiter rechts, und nun von nichts und niemandem mehr verdeckt, gewahrte ich die Gesuchten, unserem Tisch bedenklich und beinahe schon in Hörweite näher gerückt. Und mir war, als würde von uns, besonders auch von mir und meiner Schwester gesprochen: Der Kapellenpilger blickte immer wieder zu uns her und ich hörte undeutlich die Worte „ein Freund von Bosel" und „früher auch Student der Musik" und „seine Schwester". Sogleich legte ich den Löffel weg, wie gesagt wird, denn ich spürte, erinnere ich mich auf der Pritsche noch ganz deutlich, wie das gefürchtete Zittern aus dem Innern, aus meinem Seelenzentrum aufzusteigen begann. Schon war es auf dem Weg zu den Händen, die ich vorsorglich mit den nach oben gewölbten Tellerrändern verdeckte, und die ich sogleich, wenn es stärker werden würde, zwischen meinen Knien einzuklemmen entschlossen war. Ich wandte mich mit aller willentlichen Gewalt vom Kapellianer ab und meinem Gegenüber, dem Cellisten Laxberner, zu, der inzwischen dem Braten mit der zärtlichen Aggressivität eines Lustmörders auf den begehrten Leib rückte. Er schnitt sich eine Scheibe des heißen Fleisches ab, das außen mit Knusperkruste, innen aber noch rosa und saftig war und dessen Dämpfe, sich allerliebst kräuselnd zur Laxbernerschen Nase aufstiegen. Ihn hätte kein Cellokonzert der Welt, keine Solosonate, nicht einmal ein Vertrag mit der Carnegie Hall ablenken können, selbst, wenn man diesen vor seinem Gesicht geschwenkt hätte. Seine Augen bohrten sich, links und rechts neben dem schneidenden Messer in den Kalbsbraten, denn ein solcher war aufgetafelt, und seine Lippen, blutrot und feucht, öffneten sich zum erwarteten Biss. Die Zunge erschien und winkte dem Genuss lockend entgegen. Dann stach die Silbergabel zu und ins portionierte Fleisch, einen eleganten Bogen beschreibend. Und der begehrte Happen verschwand im Laxbernerschen Mund.

Seine sonst so farblosen Augen leuchteten auf, als bekämen sie für den Moment vom Gaumen Energie hinaufgeschickt, und die Prozedur begann von Neuem, wobei sich die Geschwindigkeit steigerte. Er schnitt, stach zu, öffnete den Mund, das Stück Fleisch verschwand, wieder und wieder. Zum Schluss schnaufte er wie erlöst, wischte sich vom Kinn das rinnende Fett. Wie ein Mensch, dachte ich staunend, in so kurzer Zeit ein Stück Kalbfleisch verschlingen kann, noch dazu ein so begnadeter Künstler wie dieser Laxberner, das ist doch bemerkenswert.

Wir sind immer noch die alten Steinzeitmenschen, dachte ich, wir empfinden beim *Fressen* (nein, *Essen* will ich nicht sagen!) die höchste Lust, wir schlingen Fleisch wie unsere Vorfahren in uns hinein, als wäre es der letzte Bissen, den wir bekommen für lange Zeit, und dann rülpsen wir (nein gerülpst hat der Laxberner natürlich nicht, auch nicht der Rosensteyn, schon gar nicht meine Schwester oder etwa ich, und ob der Bosel rülpsen würde, wusste ich nicht). Wir legen uns auf das alte Bärenfell, ziehen die ungegerbte Hirschhaut oder ein Schaffell, heute weiß und mit Daunen gefüllt, über unseren schnaufenden Körper und schlafen laut schnarchend bis zum nächsten Morgen. Das ist die Wahrheit. Und Kunst oder Musik, was kein Gegensatz ist, betreiben wir, um uns vom Fressen abzulenken; die Höhlenkünstler in Frankreich machten, wie wir wissen, Musik auf abgenagten Knochen. Sie schnitzten aus ihnen die Instrumente, bohrten Löcher hinein, bliesen darauf, und später fraßen sie dann mit ihren Freunden und Verwandten, wie ich mit meiner Schwester und diesen Musikern fresse, jetzt hier in dieser Nobelhöhle, nachdem sie Musik auf hölzernem Schnitzwerk gemacht und wir ihnen zugehört haben, in einer anderen, einer bemalten Kunsthöhle, dem Gobelinsaal. Alles ist noch genauso wie vor Dreißigtausend Jahren, und wenn wir gefressen haben, Fleisch und immer wieder Fleisch, und gehörig gesoffen haben, dann legen wir uns nieder, um zu schnarchen und im Traum zu furzen, wie unsere Vorfahren, dachte ich, vom Kapellpilger wieder in den Blick genommen...

Und ich liege immer noch mit verschränkten Armen auf meiner Pritsche in diesem kahlen, kalt unmenschlichen Raum und denke an dieses Abendessen mit dem Bosel Trio, das, wie ich vermute, vor nicht ganz vierundzwanzig Stunden in diesem Nobelhotel stattgefunden haben muss. Denn genau weiß ich es nicht. Mir ist das Zeitgefühl verschüttet, denke ich.

Das Essen ging weiter, manchmal sprachen wir miteinander, mit vollem Mund kauend wie Laxberner, oder zwischen zwei Schlucken des bestellten Rotweines, leicht gurgelnd wie Rosensteyn, der nun doch Alkohol trank, oder interessiert und korrekt wie meine Schwester, kurz, undeutlich nuschelnd wie ich. Wann würde Bosel sich die Ehre geben, dachte ich immer häufiger, denn es war schon weit nach Mitternacht. Auch meine Schwester wurde unruhiger und unkonzentrierter. Wie lange wollte er sich uns noch verweigern.

Da, auf einmal erschien der Erwartete.

Ihr seid ja schon mitten beim Essen, rief Bosel aus, der unbemerkt herangetreten war, und setzte sich, einen Stuhl heranziehend an die Stirnseite des Tisches, zwischen

Rosensteyn und meine Schwester. Diese belebte sich, während sie den ganzen Abend kaum etwas gesagt hatte, sich an keinem Gespräch wirklich beteiligt hatte, beinahe unbeweglich und abwesend, wie es zu nennen wäre, hier in diesem *Intermezzo*, ein *Zwischenspiel* abwartend dagesessen hatte, während sie nur ein paar Fragen gestellt hatte, fing sie nun an, sich in Bosels Nähe und mit seinen gesprochenen Sätzen und Worten, mal schneller, mal langsamer zu bewegen, einer von fremder Energie gesteuerten Puppe vergleichbar, und ich dachte an die *Spalanzini* Szene in Hoffmanns Erzählungen, wo die erschaffene Figur Olympia im Takt der Musik ihren Kopf dreht, die Arme hebt, tanzt und von ihren Schöpfern Spalanzini und Coppelius ferngesteuert dem ahnungslosen Hoffmann die charmante und entzückende Tochter gibt. Auch Rosensteyn und Laxberner neigten ihre Köpfe dem Bosel zu. Sie nickten, lachten vom Lauf seiner Rede angeregt, während mein Verdruss mit jeder Minute wuchs. Immer stärker wurde mein Ärger, die Einladung Bosels zu diesem Abendessen angenommen zu haben, denn, obwohl wir uns Jahre und Jahrzehnte nicht gesehen hatten, war der Konflikt der alte, dachte ich, den Nachtisch, ein rosafarbenes Dessert, widerwillig Löffel für Löffel verspeisend, wie ich mich jetzt auf der Pritsche besinne. Immer scharen sich die Menschen um den Bosel, dachte ich löffelnd, egal, was er tut oder sagt, ob er Piano spielt oder sich in der Öffentlichkeit zeigt, ob als Solist oder Kammermusiker, ob als Künstler oder Privatmann, ob damals schon als Student hier in diesem muffigen Dresden, immer scharen sie sich um ihn, wie jetzt an diesem *Intermezzo*-Tisch seine Kollegen und meine Schwester, oder die inzwischen noch näher gerückte Schar der Voyeure, die jetzt bis zum Nachbartisch herangepirscht waren, von *meinem* Kapellenpilger angeführt; immer ist der Bosel der Mittelpunkt gewesen und berühmter und berühmter geworden, während ich kränker und kränker und unbedeutender wurde, schwankend und schaukelnd an den Rand geriet wie ein schwankendes kleines Papierschiffchen, das auf den auseinander strebenden Wellen reitet.

Und doch ist der Bosel ja mein Freund gewesen, dachte ich, mit dem Silberlöffel die Dessertreste Spur für Spur auflöffelnd. Wir sind doch ein Stück des Lebens gemeinsam gegangen, dachten, wir wären füreinander da. Wir gingen doch, dachte ich, beinahe Hand in Hand den Anfang unseres künstlerischen Weges, und Bosel war mein Freund, von dem ich alles aufsaugte, den ich benutzte wie eine Quelle, ja, ohne den ich nicht der geworden wäre, der ich bin, überlegte ich. Und ich dachte, den Löffel im Mund behaltend und daran saugend, dass ich nicht nur den Bosel, sondern beinahe alle meine Freunde von damals, verloren habe, besonders den Bosel natürlich, vor allem den Bosel, aber die anderen auch. Nun bin ich erst über Vierzig, dachte ich, und habe sie doch schon alle verloren. Wir waren doch vor über zwanzig Jahren befreundet, eng befreundet, wie gesagt wird. Der lange Weber, was ist aus ihm geworden, oder der kleine Schlichting. Lebt der noch? Und jetzt sitze ich hier im *Intermezzo* mit dem Zentrum von damals, dem Bosel, dachte ich. Doch was bedeutet er mir noch? Er ist mein *Intermezzo* gewesen, mein wichtigstes Intermezzo, mein Hauptlebensintermezzo, das wichtigste

Intermezzo meines Lebens. Doch, was ist daraus geworden? Was ist geblieben?

Nichts als Neid empfinde ich, üblen, vernichtenden, Freundschaft tilgenden Neid, dachte ich, den Silberlöffel im Mund. Der Bosel hat uns alle überragt, auch mich, besonders mich, und ich habe ihn im wichtigsten Abschnitt meines Lebens getroffen, damals. Doch er ging nach oben, ging unbeirrt seinen Weg, stieg auf und er ist noch nicht einmal in seinem Zenit angekommen, immer noch steigt er, dachte ich, während ich unentwegt sinke, nach unten falle, unten durch, wie gesagt werden muss. Ich wollte werden wie er, damals und auch heute noch will ich ihm nacheifern. Das ist die Wahrheit. Aber er steigt und ich sinke, bald werden wir uns nicht mehr sehen können, denn er ist zu weit oben und ich zu tief unten. Tiefer als ich kann keiner sinken, denke ich auf der Pritsche, den Blick rückwärtig zu gepolsterten Tür. Und höher als Bosel steigt niemand. Er, der Steigende und ich, der Sinkende. Dabei verdanke ich ihm alles, denn er gab mir Rat und Hilfe, und ich hing an ihm wie ein Schiffshalter, ja wie einer dieser kleinen Saugfische an den Glattrücken der großen Haie oder Wale.

Ich saß ihm gegenüber am zweiten Flügel damals. Wir sahen uns in die Gesichter, über die Noten hinweg, während wir Schubert spielten, immer wieder diesen Schubert, immer wieder diese f-Moll Phantasie, unser Prüfungsstück für zwei Klaviere. Warum, dachte ich, den Löffel weglegend, bin ich nicht an ihm haften geblieben wie diese Fischlein am Wal, warum wollte ich ihm den Rücken kehren und ihn übertrumpfen, heimlich ihn, den Bosel. Ja, ihn übertrumpfen wollte ich.

Das ist die Wahrheit. Ihn schlagen am geöffneten Flügel, ihn überflügeln sozusagen, ausgerechnet mit Bach. Dem Schubert habe ich den Rücken gekehrt mit der f-Moll Phantasie und ich bin zu Bach übergelaufen, was der Wahnsinn gewesen ist. Ausgerechnet von Schubert und Bosel weg zu Bach, wo Bach der *Totmacher* schlechthin ist, wo die Goldberg Variationen oder die Toccaten und die französische Suite das tödlichste überhaupt sind, wie das Schicksal von Glenn Gould beweist, dachte ich. Und *ich* kleiner, unbedeutender Klimperer erst. Wäre ich denn Gould, hätte ich mich fragen müssen. Wo ich mir hätte denken können, dass Ehrgeiz allein nicht genügt, wenn man Bach spielen will. Schubert hätte mich nicht getötet, dachte ich, dem Silberlöffel, den ich abgegeben und dem uniformierten Kellner aufs Tablett geworfen hatte, nachblickend, Schubert bestimmt nicht. Nein, der Franzl hätte das nicht vermocht. Während Bach so einen wie mich im Handumdrehen, im Zittern seiner Hände sozusagen, sofort umbringt, zur Musikerleiche macht.

Und nun ist von alledem nichts als der Neid geblieben, der Neid des zu Boden Gesunkenen, und ich starrte in das Rotweinglas, das mir trübe vorkam, während ich Bosel reden hörte. Stefan Bosel, der, von meiner Schwester gefragt, gerade sagte: Neider und Kritiker wird es immer geben, meine Liebe, Kritiker sterben niemals aus. Ebenso wie die Neider. Denn Kritik ist nur eine andere Art von Neid. Nichts anderes. Das ist die Wahrheit, meine Liebe. Auch vom heutigen Abend werden sie schreiben, diese Kritiker, wie sie immer über alles schreiben, wohin sie ihr Redaktionskolleg schickt. Und Kritiker sind wie Dirigenten, sie muss es geben, sie können niemals aussterben, denn sie rekrutieren sich aus den niedrigsten Schichten durchgefallener und nichts gewordener Künstler. Wer nichts kann, wer kein Instrument beherrscht, nicht singen kann, ein miserabler Pianist oder Violinist gewesen ist, wer durchfiel an der Hochschule, der wird Dirigent oder Kritiker und bleibt ein Neider, wobei selbstverständlich die Kritiker die aller minderwertigste Sorte sind, zerfressen vom Neid, wie faules Obst, das nicht zum Most taugt. Und ich weiß, sagte Bosel, wie ich jetzt denke, morgen steht wieder irgendetwas Kluges über unseren Kammermusikabend in der Zeitung, ja irgendetwas Mordgescheites, nur nichts Zutreffendes. Wieder wird sich einer wichtig machen mit modernen und schwungvollen, mit originell erdachten Sätzen, nur nicht mit dem, was wirklich unser Spiel würdigt. Wieder wird einer irgendwo im Saal gesessen haben oder vielleicht hier in dieser Kneipe (er sagte wirklich „Kneipe"!) gar noch sitzen, dezent sich tarnend, mit der Tapete, mit der Wandtäfelung, dem Gestühl, mit den anderen Gästen verschmelzend, einem Spion gleich, und wird von „kammermusikalischem Feuerwerk", von „interpretatorischer Übereinstimmung", von „organischen Übergängen" und vom „Wiener Schubert Ton" schreiben, und er wird dennoch nicht das ausdrücken, was wir ausgedrückt haben, wir, der Moshe, der Thomas und ich. Denn das können sie nicht, diese Bagage, weil sie nichts wissen, von dem, was in uns ist, während wir spielen. Sie reden und schwätzen von Werkstreue und Kongenialität und wissen nichts. Es ist wie mit den Buchbesprechungen, mit den Bildbetrachtungen, so wie mit unserer Musik – all diese Kritiker, Schreiberlinge, Klugschwätzer reden hochtrabenden Unsinn, schreiben am Kern der

Sache vorbei, es ist als schriebe einer von einem Orgasmus und hätte doch noch nie einen bei sich selbst erlebt, hätte noch nie von der Erde abgehoben und dieses Gefühl gespürt, das uns zu Göttern macht, sagte Bosel, wie ich jetzt denke, und meine Schwester starrte in ihr Rotweinglas. Was wissen diese Affen von dem in unseren Herzen tobenden Stürmen, von der Seelenbegeisterung, die uns ergreift, den Moshe, den Thomas und mich, wenn wir einen einzigen Akkord, eine einzige Tonfolge so getroffen haben, das es uns die Gänsehaut bis unter die Haarwurzeln treibt. Was wissen sie von unserem Eins sein mit Gott, wenn wir die Tempi und das Tempre so gespielt haben, wie wir meinen, dass Schubert es, hundertprozentig genauso, gespielt haben würde. Was ahnen diese Schmierfinken von dem Rausch, der uns mit fortreißt beim Andante con moto des Opus 100. Sie wissen nichts davon, wie es mich ergreift, wenn ich den Moshe cantilene singen und den Thomas auf der G Seite ein Ton erzeugen höre, der mich beinahe ohnmächtig werden lässt vor Glück. Auch, wie wir leiden während des Spieles, wissen sie nicht. Sie können nur feststellen, die Suppe war heiß oder kalt, oder zu mild oder versalzen. Das schmecken sie, diese neidischen Kritiker, aber sie wissen nicht, wie gekocht wird, wissen nichts von unseren schöpferischen Leiden und Freuden, die wir empfinden, wenn wir Musik machen. Und die Beiden nickten mit glänzenden Augen und begeistert geröteten Wangen, sogar der Laxberner bekam Farbe in sein Kerntner Blassgesicht, während ich in das neugierige, Sensationen heischende Gesicht des Kapellpilgers blickte, der unbemerkt noch näher gekommen und jetzt hinter Bosels Rücken plötzlich aufgetaucht war, wie der Narr aus der Kiste oder wie ein barocken Faun aus dem nahen Nymphenbad. Auch bemerkte ich weiter ab ein grauhaariges Spitznasengesicht, den Reiherblick in einen aufgeklappten Laptop gerichtet, in gekrümmter Haltung und wie zur jederzeitigen Flucht bereit, und diese Gestalt schien in emsig eifriger Art jedes Boselsche Wort mitzuschreiben. Ja, sie schrieb tatsächlich, diese Gestalt, und ihr Körper wechselte Farbe und Struktur im Licht des Raumes wie ein Chamäleon, verschmolz, wie Bosel die Kritiker beschrieben hatte, mit der Umgebung auf ideale und geheimnisvolle Weise.

Wir wurden also umlagert von diesen Kunstvoyeuren, dieser Meute, die auf ein Krümelchen, ein Wortbrösel aus unseren Gesprächen und den Reden Bosels lauerten, wir saßen im Spot der Tischlampen, und immer noch sprach Bosel, der zwischendurch bereits mehrere Gläser Rotwein hastig und in einem Zug geleert hatte.

Ja, sagte er, alle diese Kritiker schreiben in ihrem Neid tendenziöses Zeug, von dem sie meinen, es verkaufte sich in ihren per Vertrag verbundenen Wurstblättern gerade in diesem oder jenem Augenblick am besten. Aber dennoch, meine Liebe, und er sprach wieder direkt zu meiner Schwester, die an seinen Lippen hing und den Kopf im Takt bewegte, nach den Worten gierte, seinen *bedeutenden* Worten, wie ich jetzt denke, die aber doch nur Wichtigtuerisches gewesen sind, immer nur wichtig Allgemeines oder allgemein Wichtiges, doch das mit Größe verkündend; aber dennoch, wiederholte er, sich an meine Schwester wendend, dennoch brauchen wir diese Kritiker, so paradox es klingt, denn wir selbst können von uns und unserer Kunst nicht das Geringste sagen, außer von ein paar Gefühlen reden vielleicht, die uns ergreifen. Aber weiter nichts. Und wir wollen darüber auch niemals reden. Das ist die Wahrheit. Denn wir kennen das Warum nicht. Wir wissen nicht, warum wir so spielen in diesem Moment, wie der Schriftsteller nicht weiß, warum ihm gerade in irgendeinem Moment diese und keine andere Szene, dieses aber kein anderes Wort eingefallen ist, weshalb auch der Maler niemals weiß, warum er jenes Aquamarin genommen hat für den Schatten und keine andere Farbe. Nein, meine Liebe, du fragtest mich, aber ich kann über mich nicht reden, kann nichts sagen. Und ich will es nicht, es erzürnt mich, bitte verzeih mir, wenn ich danach gefragt werde, weil mich solches Fragen hilflos macht. Warum spielte ich jenen Akkord so und nicht anders, und warum erklang er dadurch so unvergleich- lich. Man könnte Gott ins Spiel bringen, was immer leicht ist, weil eine Gottesverbindung einem immer abgenommen wird, denn mit Gott verbunden sein, in göttlicher Verzückung also zu sein, dies wird sofort geglaubt und man hat es nicht zu begründen. Vielleicht ist es aber die Verbindung mit unserem eigenen Gott, der in uns ist, mit unserem Unbewussten, zu dem wir gerade in diesem schöpferischen Moment in Kontakt stehen. Ja, dies denke ich, meine Liebe, das wird es sein, unser Unterbewusstsein, in dem wir alles geheim verwahren, ohne dass der andere Geselle, unser schnelles und so materialistisches Bewusstsein nämlich, heran kann und das Gedachte, die Gefühle und Stimmungen für das Alltägliche missbrauchen könnte. Wer will das wissen? Wir sind ahnungslos, wie die Dirigenten, fuhr Bosel, sich auf einmal wieder in alten Grimm steigernd, fort, denn diese Wahnsinnigen, die von sich glauben, sie wären die Giganten der Musikerzunft, die dächten, sie allein wüssten, wie man Beethoven, Brahms, Bruckner, Mahler oder Schubert zu spielen hätte. Von den sogenannten Modernen, den gegenwärtig noch lebenden Notenschreibern, will ich gar nicht reden, diesen Stellmachern der Musik, diesen Hinzes und Kunzes; für die freilich braucht man keinerlei Gefühl und Verständnis, die kann man herunterfiedeln und herunterklimpern, wie es einem gefällt, bei denen können diese famosen Dirigenten sagen, was sie wollen, es stimmt immer, wie man ja auch ein Motorengeräusch ohne Gefühl und Tempre ertragen kann, wenn es nicht zu laut wird. Doch, ich glitt in die moderne Banalität ab, meine Liebe, wobei Banalitäten beim Thema Dirigieren einem zwangsläufig ankommen können, wie das Sodbrennen nach zu fettem Essen.

Ja Dirigenten sind in Wahrheit ahnungslos, weil sie nicht wissen, wie ein Instrument klingen kann, klingen muss, denn sie beherrschen keines richtig. Dirigenten sind ja heute nur noch, sagte Bosel, denke ich, an der Öffentlichkeit, am Fernsehen, den Medien, aber niemals mehr an der Musik interessiert, und schon überhaupt gar nicht an den Musikern, vor denen sie an jedem Abend und zu den Proben stehen. So gleichgültig wie ihnen die Musiker sind, ist ihnen auch die Musik geworden. Die Musik interessiert die Dirigenten überhaupt nicht mehr, nur noch ihre Pressetermine und ihr nächstes Titelfoto, sagte Bosel, oder vielleicht noch irgendein gut dotierter Staatspreis. Wie könnte es sonst geschehen, sagte Bosel, denke ich, dass, wie hier in diesem famosen

Dresden erst kürzlich passiert, so ein unmusikalischer, völlig bornierter und geistig durch ständigen Alkoholgenuss degenerierter sogenannter *Opernregisseur*, dessen Pressegeilheit allerdings die der meisten Dirigenten überträfe, eine klassische Oper ohne Widerstand des ebenso bornierten Dirigenten, wie auch ohne Murren des abgestumpften Orchesters, derart verhunzt habe, dass in Wien, wo der bedauernswerte Komponist seit Hundert Jahren begraben liegt, in diesem an beinahe alles gewöhnte Wien also, auf dem Josephs-Friedhof der Grabstein erzittert wäre und die in ihrer Trauerkleidung Vorbeigehenden ein herzzerreißendes Schluchzen gehört hätten, was in diesem Fall nicht von ihnen oder ihren Begleitern herstammte, sondern von unten aus dem Grab heraufgedrungen sei, wie gesagt worden ist.

Nein, sagte Bosel, diese Dirigenten haben keinen Charakter mehr, sie schielten nur noch nach ihrem nächsten, noch berühmteren Orchesterstandort, wo noch mehr verdient würde, Dirigenten sind, sagte Bosel, vaterlandslose Gesellen, die es umhertreibt auf der Jagd nach immer höher dotierten Verträgen, wie die Profifußballer. Und ich dachte, während der Bosel weitersprach, dass auch er ja solch ein vaterlandsloser Geselle geworden wäre, den es umtriebe auf der Welt, einem wandernden Rhapsoden gleich, mit der Lyra in der Hand und dem Lorbeer auf dem Kopfe. Nichts hat sich geändert seit den antiken Tagen eines Ovid und Horaz, nur die Dimensionen werden größer und größer, dachte ich. Künstler bleiben fahrende, umherziehende Gesellen, ohne moralischen Halt, ohne wirkliche Heimat; denn ihre Heimat ist die Kunst, dachte ich, während ich in doppeltem Sinn heimatlos bin. Das ist die

Wahrheit. Ich habe diese Heimat verspielt durch Leichtsinn und glühenden Ehrgeiz, bin ein unbedeutender Schreiber, der von Gelegenheitstexten lebt und von Werbeverträgen, ein dichterischer Hanswurst, ein zitterndes Nichts.

Und der Bosel redete und redete, und der Bosel trank und trank. Ich wusste, er vertrug eine ganze Menge, er war in unseren fernen Tagen schon immer der trinkfesteste von uns allen gewesen. Einmal hatte er auf seinem Flügel zweiundzwanzig Biergläser aufgestellt, alles halbe Liter, und er hatte Bach gespielt, die Goldberg Variationen, und nach jedem Satz trank er ein halbes Glas bis er nach vierundvierzig Sätzen alles ausgetrunken und beim letzten Glas wortlos vom Stuhl gekippt war. Dann hatte er eine Minute später, als wir, die wir um ihn Angst gehabt hatten, dachten, er stünde nie wieder auf, die Augen aufgeschlagen und ausgerufen, nicht der Bach, sondern das Felsenkeller hätte ihn vom Schemel rutschen lassen.

Jetzt also rief er den Kellner und verlangte ein neue Flasche *Vine del Sole*, aber das Etikett muss von 1985 sein, verstanden, schrie er dem Abgehenden hinter her, und uns verriet er mit geheimnisvoll gehobenen Augenbrauen, der Abend böte noch einen Höhepunkt, er würde uns noch sein streng gehütetes Geheimnis offenbaren.

Meine lieben Freunde, rief er mit schwerer Zunge: Ihr werdet Augen machen. Wieder übersah ich in diesem Moment den wissenden Blick von Moshe Rosensteyn, und auch den schnellen Seitenblick, den Bosel meiner Schwester zuwarf, bemerkte ich nicht, so wie ich mich jetzt wieder an alle Einzelheiten erinnere. Ich sah, wie mein Kapellenpilger an der Spitze seiner Schar auf seinem Stuhl vom Nachbartisch weggerückt war und nun mit ihnen im Halbkreis um unseren Tisch hockte. Wie die Wölfe lauerten sie, die Raubtieraugen leuchteten gierig, darauf wartend, dass das Feuer verlösche, dessen Flackern sie im Augenblick noch abhielt, damit sie sich dann heulend und geifernd auf uns stürzen könnten...

Es ist die anonyme Masse, dachte ich, die gesichtslose Allgemeinheit, die mich noch nie interessiert hat, diese vom Abfall der Berühmtheiten lebende menschliche Spezies, diese besonders *im Kunst Dresden* sich vermehrende Meute. Sie kommen in die Konzerte der Hofkapelle und in jedes Konzert, was sie erreichen können, diese Kunsthyänen und wittern mit ihren Kunstnasen nach Sensationen, denn nicht der Musik wegen zwängen sie sich in ihre meist veraltete Festkleidung, sondern der Skandale und der Neuigkeiten wegen: wieder zwei neue Gesichter in der ersten Geige, von denen sie noch nichts wissen, während sie von den alten Kapellenspielern jede private Einzelheit kennen, zum Beispiel was die Frau des dritten Hornisten beim Bäcker eingekauft hat, wie alt die würdigen Künstler sind und in welchem Sternzeichen sie geboren wären, selbstverständlich was für Wagen die erste Geige, welche die zweite Geige fährt, und dass der linke hintere Kontrabassist schon das zweite Motorboot an der Pillnitzer Insel zerschrammt hat. Nach allem schnüffeln sie, diese *Kunstgierlinge.* Sie tuscheln noch über die Kakteen-sammlung der Harfinistin bis der Dirigent den Taktstock hebt. Sie haben das bekannte Kapellengehuste und kennen selbstredend alle Kapellenwitze, sagen die Dirigenten der letzten zweihundert Jahre auf, wie ein fürstliche Ahnenreihe. Sie werfen sich in den Schmutz, nur um in der Nähe *ihrer*

Kapelle zu sein, sie erniedrigen sich, sie sind hündischer als der ergebenste Köter, kriechen im Sande wie die berühmte Schlange. Sie sind die Schleimspur der berühmten Hofkapelle, wie aller Konzerte überhaupt, besonders aber von jenen, von denen sie ahnen und wittern, dass es Dresdner Künstler wären, die da auftreten, auch von ehemaligen Dresdner Künstlern werden sie angezogen, je ehemaliger um so besser. Und ihre Vorväter und Vormütter, die Vorahnen dieser Kunsthyänen waren vor Hundert Jahren schon genauso, so wie es diese Spezies noch geben wird bis in alle Ewigkeit.

Zu solcher Kreatur wandte sich Bosel jetzt, denn es schien ihn die Nähe dieser Art Verehrer trotz seiner Trunkenheit zu stören. Und er redete zu ihnen in seiner robusten Musikersprache, wie die meisten Musiker nach dem dritten Bier oder dem zweiten Glas Wein eine Sprache hören lassen, die einen erstaunen lässt, wie solche aus einem Körper kommen kann, der eben noch ganz beseelt schien, von Kunst und Edelmenschentum.

Eh, rief Bosel also, willst du mir in den Anzug kriechen, verdammter Banause, rück ab. Doch der Kapellenpilger machte keine Anstalten, er starrte vielmehr in Bosels Gesicht und lächelte ihn gewinnend an. Da hob Bosel die Faust, und ich wusste, dass er auch gewalttätig werden konnte. Ich polier dir gleich das *Konzertbesucherschnäuzchen*, schrie er.

Der Kapellenpilger antwortete mit honigsüßer Stimme, nichts wäre ihm lieber, rief er, als von einem solchen Künstler, wie der Stefan Bosel einer wäre, geschlagen zu werden, ein historisches Ereignis wäre das, ein Glückstag für ihn und die seinen. Schlagen Sie mich, verehrter Weltkünstler, rief er wimmernd aus, nichts ersehne ich mehr. Wer könnte von sich behaupten, von Stefan Bosel am Abend seines Dresdner Kammerkonzertes geschlagen, getreten, misshandelt zu werden. Ja, bitte, winselte er, treten, misshandeln Sie mich, selbst blutend würde ich hier bleiben, Ihnen zu Füßen liegen und warten, bis Sie uns Ihr großes privates Geheimnis verraten, oh vergötterter Künstler, den ich ahne, was dieses Geheimnis sein wird!

Nichts ahnst du, elende Missgeburt, schrie Bosel und versetzte dem Kapellenpilger einen Tritt gegen das die Wade, nichts weißt du, elendes Kriechtier! Oh, danke Verehrtester, rief der Getretene und seine Anhänger machten Oh! und Ah! Wie dankbar bin ich Ihnen, geliebter Künstler, für diesen Kuss, und dennoch ahne ich, nein fast weiß ich es, welches Ihr Geheimnis sein wird.

Das weißt du nicht, Verdammter! und Bosel war aufgesprungen, hatte den Kapelenpilger am Kragen gepackt, geschüttelt und ihn dann von sich gestoßen. Dieser stolperte ein paar Meter in den Raum, richtete sich auf, hob die Arme wie ein Volksredner, und an der Restaurant Tür sammelten sich Neugierige, zwei Kellner standen bereit, einzugreifen; doch der Kapellenpilger rief ihnen zu: Es ist nichts! Der Künstler ist groß in seinem göttlichen Zorn, den ich auf mich gezogen habe. Ja, liebe Anwesende, liebe Augenzeugen dieser historischen Begebenheit, ich bin schuld. Es war meine Schuld! Und zu Bosel gewandt sagte er, ich schweige verehrter Künstler, will nichts entweihen und ich werde warten, wie wir alle hier! Oh, wir warten, wir werden warten, ja, ja, ja!

Meine Schwester war ebenfalls aufgestanden. Sie ging mit entschlossenen Schritten zu Bosel, legte ihm die Hand auf die Schulter, sagte, ihm lange in die Augen blickend, beruhige die Situation, Stefan, spiel etwas, vielleicht den *Basin Street Blues*! Ja, spiel diesen Blues, spiel ihn für mich, für dich, für uns alle. Und wie sie Stefan gesagt hatte, wie sie dieses *Stefan spiel etwas* gesagt hat, war auch ich aufgesprungen, ich konnte nicht mehr stille sitzen, die Hände begannen zu zittern, ich hielt mich an einer der Säulen fest, atmete schwer und schnell, wie ich mich jetzt wieder erinnere, und ich spürte wie alles einer großen Katastrophe zusteuerte.

Bosel aber trat an den Flügel, der in diesem *Intermezzo* in einer Ecke stand und mit einem schwarzen Tuch verhüllt war. Er trat schweigend und mit gesenktem Kopf an das Instrument, zog den Stoff mit einem Ruck herunter und setzte sich. Oh, ein Bechstein, sagte er leise, schloss die Augen, verharrte mit den Händen, wie er es immer tat, über der Tastatur. Schweigen und Stille herrschte, selbst einer dieser kostümierten Kellner, der in einer Ecke des großen Raumes noch mit dem Besteck geklirrt hatte, stand mit einem Mal kerzengerade und erstarrte. Es war, als hielten alle die Luft an. Dann spielte Bosel, und die rhythmisch gegriffenen Bässe des berühmten Basin Street Blues, drangen über die Ohren, vielleicht auch über die Haut, die alle Härchen sogleich aufrichtete und starr werden ließ, in die Herzen ein; sie schlugen schneller, diese Herzen, durchbluteten Muskeln und Glieder und ein Zucken und Wippen begann sich wie in Wellen unter den Anwesenden auszubreiten. Ich sah auf meine Schwester, deren Schultern im Takt hoch und nieder gingen, ich sah ihre Verzückung und ich erinnerte mich, da Bosel das erste Mal diesen Blues gespielt hatte. Es war in der Turmhalle der Spezialmusikschule, wie sie genannt werden musste, denn auch wir angehenden Künstler sollten uns sportlich ertüchtigen; in einem gesunden sozialistischen Körper, auch in einem, der einen sogenannten Kunstberuf ausüben will, wohnt ein gesunder sozialistischer Geist, wurde gesagt und stand mit weißer Schrift auf einem roten Spruchband geschrieben, den man in dieser Sportertüchtigungshalle aufgehängt hatte. In jener Halle nun stand ein alter, wurmstichiger, verstimmter Bösendorfer, der zu bestimmten Übungen seine traurige Stimme erschallen lassen musste. An diesen dachten wir, Bosel, einige Freunde unserer Klasse, meine Schwester und ich, als wir in der Pause vor der Staatsbürgerkundestunde herumstanden. Wisst ihr was, rief Bosel auf einmal, wir scheißen auf den Unterricht, gehen in die Turnhalle und ich spiele euch ein paar moderne Stücke aus einem Album, das mein Vater aus englischer Gefangenschaft mitgebracht hat. Es sind allesamt Blues und Swingtitel von Bing Grosby. Wir waren Feuer und Flamme, wie gesagt wird, ich aber wollte mich, wie ich jetzt wieder auf der Pritsche denke, hervortun, denn die Halle war verschlossen, während ich einen Universalschlüssel besaß, der beinahe überall passte. Leise, einer nach dem anderen gingen wir durch die Gänge bis zur Halle, ich probierte den Schlüssel. Er passte und ich schloss auf. Die ganze große Halle mit dem alten Bösendorfer war in unserer jugendlichen Gewalt. Sie war still und weit und es roch nach kaltem Turnerschweiß, trockenem Holz und Leder. Bosel setzte sich auf ein gepolstertes Sprungkastenoberteil und ließ den Flügel aufschreien. Einen Blues nach dem anderen spielte er, manchmal begleitete ihn einer von uns, auch ich, dann agierten wir vierhändig. Die Swingtitel brachte Bosel schneller und sie klangen beinahe, als wären es frühe Rock´n Roll Titel von Body Holly. Meine Schwester, die erst bei Bosel gestanden hatte, und ich erinnerte mich, dass es erst ein paar Tage her war, da ich beide bei Schubert ertappt hatte; meine Schwester also, die gar nicht in unsere Klasse gehörte, aber einfach mitgekommen war, sie begann als erste, sich aus dem Halbkreis der Zuhörenden zu lösen und für sich allein, mit bloßen Füßen auf dem abgewetzten Parkett zu tanzen. Wie schön sie ist, besinne ich mich auf der Pritsche, dachte ich in der Turnhalle, wie im Kaminski *Intermezzo* in ihrer Nähe stehend; wie schön meine Schwester doch ist, als tanzende Mänade, einer griechischen Skulptur gleich. Und so wie sie sich damals tanzend immer wieder dem spielenden Bosel zudrehte, so starrte sie auch jetzt im *Intermezzo* andauernd auf Bosel, war gebannt von ihm, damals wie heute, ein ganzes Leben lang, denke ich verzweifelt. Oh, dieser verdammte Basin Street Blues war ein solcher Erinnerungsstein, denn ich weiß, der Bosel hat mit seiner Musik, seiner Art Musik zu spielen, jede Art von Musik, die er auf *seine* Weise, auf *seine* so sinnliche und berauschende Weise spielte, meine Schwester verzaubert, verhext für immer, bis an ihr Ende, dachte ich. Wir tanzten, sangen und waren ausgelassen damals beim Basin Street Blues, da wurde mit einem Schwung die Turnhallentür aufgerissen und der Direktor der Schule kam herein gestürmt, hinter ihm weitere Lehrer und ein paar Schüler, darunter der grinsende Micklich, ein Bratscher, der uns verraten hatte. Alle Bratscher sind Verräter und verkommen, dachte ich sofort und wurde blass, denn der Direktor war ausgerechnet vor mir, einem angehenden Pianisten, stehen geblieben, der ich, ich weiß bis heute nicht warum, noch immer den Schlüssel in der Hand hielt.

Aha, schrie der Direktor, ein ehemaliger Gesangslehrer, da haben wir ja die ganze üble Truppe. Und mit einem Schlüssel sogar, schrie er mir ins Gesicht, sein Atem roch süßlich, und dann englisch amerikanischen *Hot* spielen sie, die angehenden sozialistischen Künstler. Aha, schrie er und hastete zum Bösendorfer, an dem Bosel leise weitergespielt hatte, will der Herr nicht wenigstens aufstehen, wenn sein Direktor zu ihm herantritt, schrie der kleine Direktor. Sie sind nicht *mein* Direktor, entgegnete Bosel immer weiterspielend, Sie verwenden ein Besitzpronomen, das ich mir nicht zu eigen mache, Herr Direktor, *mein* ist die Musik und die Kunst, *nicht irgendein* Direktor, Herr Direktor. Der so Angesprochene schnappte nach Luft, um sofort weiterzuschreien. Aha, rief er, in immer größere Erregung sich hineinsteigernd, hier wird *gehottet*, anstatt im Staatsbürgerkundeunterricht zu sitzen. Dort zu sitzen, um endlich zu begreifen, warum ihr hier studieren dürft, ihr Verehrer englisch amerikanischer Hotkultur. Wir standen und waren erschrocken, aber bald mussten wir uns das Lachen verkneifen, wie er da tobte der kleine ehemalige Gesangslehrer und jetzige Direktor. Und lange noch wurde uns diese Tat in der Turnhalle vorgehalten von ihm, dem zornigen Bestimmer. Auch zu den Eltern sprach der Direktor in den sogenannten Elternversammlungen von uns, wie wir *gehottet* hätten, statt zu lernen, was vorgeschrieben wäre...

Und Bosel spielte den Blues im *Intermezzo*, schon fingen die ersten zu tanzen an, einige der Kellner in ihren schlecht sitzenden Uniformjacken und den zu großen Perücken zuckten, hielten sich im Kreis an den Händen, sie bogen sich und wippten, stoben aber auseinander, als ein Grau Uniformierter Kellnerunteroffizier sich näherte und ein drohendes Gesicht machte. Auch der Kapellenpilger tippte mit seinem Lackschuh auf den Parkettboden, und einige seiner bayrischen Gäste hatten die Daumen unternehmungslustig unter ihre Trachten-revers geschoben.

Da brach Bosel ab, unvermittelt und jäh. Er ließ die Arme herunter hängen, rief mit gerötetem Gesicht, dieser Blues wäre nicht das, was er jetzt zu spielen hätte. Heute Abend, rief er und streckte seine Hand dem mit einem Glas Rotwein heraneilenden Moshe Rosensteyn entgegen, heute Abend muss ich zu meinen Anfängen zurück. Seine Anfänge? dachte ich erschrocken, und ich wusste, was er meinte mit seinen Anfängen.

Mein Anfang, wie mein Ende, rief Bosel hinter dem Bechstein mit lallendem Mund, meine verehrten Gäste, liebe Freunde, mein Alles ist Bach, ja ist Johann Sebastian Bach. Und gleich, lallte er weiter, bevor mein Höhepunkt erreicht wird, gleich, in wenigen Minuten, wenn sie kommt, meine Überraschung, schrie er, doch bis dahin will ich euch, muss ich euch Bach spielen, denn nur das Bachspielen ist für mich das wahre, einzige Erlebnis am Flügel, an diesem verdammten Holzhau-fen! Er hieb mit der rechten auf die Tasten, dass der Bechstein einen Jammerton abgab. Alle Anwesenden, Gäste wie Bedienung standen staunend und betreten, nur Laxberner und

Rosensteyn, die ihren Bosel kannten, hatten sich gesetzt, sich zugeprostet und warteten zurückgelehnt auf Bach und die anschließende Boselsche Überraschung. Mein Blick fiel auf meine Schwester. Sie hatte sich gesetzt und hielt den Kopf gesenkt...

Sie kommen! Sie kommen, mich zu holen, denke ich auf der Pritsche an die Decke starrend. Ich höre jetzt ganz deutlich das Schlüsselgeklapper. Auch Stimmen höre ich. Deutliche Stimmen. Eine ist darunter, ich kenne sie, erinnere mich, sie klingt hart, entschlossen, kompromisslos, sie sagt, wenn er wieder Schwierigkeiten macht, muss er in der Geschlossenen bleiben.
Oh, diese harte entschlossene Stimme, diese Klarheit, diese Reinheit, ich fürchte mich vor dieser Stimme, wie ich mich vor Bosels Bachspielen gefürchtet habe.

Wieder hob Bosel die Hände verharrend über die Tastatur, wieder schloss er die Augen. Nein, er zitterte nicht, kein bisschen hat er gezittert, trotz des vielen Weins, den er getrunken hatte den ganzen Abend, er, der nach oben Strebende, während ich, der zu Boden Gesunkene, aufstehen musste, die Hände zusammengepresst, denn ich spürte, gleich würde er kommen, mein gefürchteter Anfall. Schon fühlte ich diese Leere im Kopf, diese gefährliche Stille, dem Atemholen vor dem Gewittersturm vergleichbar, gleich würden die Hände feucht werden, dachte ich, der Schweiß kalt und nicht aufzuhalten das Genick hinabrinnen.

Da brach er los, einem Platzregen ähnlich, mit der Präzision exakt berechneter Tontropfen. Der von Bosel gespielte Bach. Bosel fuhr in die Tasten mit der Mühelosigkeit einer Maschine. Gewalttätig, mit enormer Kraft und doch auch mit angstmachender Beherrschtheit spielte er hintereinander die Toccatas in g- Moll, in g- Dur und in e-Moll. Er spielte also jene Bach´sche Klavierliteratur, wie sie genannt wird, an der ich gescheitert war, damals vor zwanzig Jahren und mit denen, mit diesen Teufelsstücken, mein Ende besiegelt worden war. Nichts Schrecklicheres kann Bosel an diesem Abend tun, dachte ich meinen Anfall erwartend, als diesen Bach spielen, dieses Bachspiel, an dem ich krank geworden bin, kränker und kränker mit jedem Präludium, jeder Fuge, jeder Sonata, je mehr ich mich mühte, mich abquälte, es ihm, dem genialen Bosel gleich zu tun; denn nachdem wir noch gemeinsam an den Flügeln gesessen hatten, um die wunderbare f- Moll Phantasie von Schubert zu spielen, die unsere Abschiedsphantasie werden würde, wie ich jetzt weiß, und nachdem ich eine kurze Zeit gedacht hatte, ich könnte ihm nahe kommen in seiner Kunst. Da, eben da hatte er mit diesem Bach begonnen, mit diesem unsäglichen, für mich tötenden Bachspiel. Er hatte von diesem halb verrückten Glenn Gould gehört, sich in ihn vernarrt, sich alle Platten besorgt, die es von diesem gekrümmten Kanadier damals gab. Er, Bosel wollte es ihm gleichtun. Das schwor er sich. So begann er Bach zu spielen, unentwegt Bach, immer wieder Bach, wie er ja auch früher schon von der Musik Bachs, ihrer Klarheit und Reinheit, ihrer das menschliche Können so unverfälscht herausfordernde Gewaltigkeit bezaubert gewesen ist. Nicht dass er gesagt hätte, ich solle es ebenfalls versuchen. Nein, es war ein heimlicher Wettstreit geworden, in dem ich versuchte, ebenfalls alles von Bach zu spielen, was Bosel gerade übte. Aber ich wollte Bosel übertreffen, ich wollte an ihm vorbei. Und so übte ich Tag und Nacht, übertrieb die Tempi und unterschätzte die Kraft, die notwendig gewesen wäre, solches zu leisten und ich versagte. Zwangsläufig, wie gesagt werden muss.

Zuerst selten und nur manchmal nach allzu heftigem Üben bekam ich dieses Fingerzittern, aber es verstärkte sich je mehr ich in Johann Sebastian Bachs Klavierstücke eindrang, und als ich über die Goldberg Variationen, die Kunst der Fuge bis hin zu diesen Toccatas vorgedrungen war, gerade die, die ich jetzt an diesem Abend, nach zwanzig Jahren wieder in mich hineinhämmern hörte am Bechstein, gespielt von meinem Stefan Bosel, da hielt ich es nicht mehr aus. Das Zittern war so stark geworden, dass ich keine Taste mehr anrühren konnte, ohne sofort einen heftigen Anfall zu bekommen. Einmal hatte ich, wie ich dachte, nach der Ouvertüre im Französischen Stil, die mit aller Gewalt zu üben ich mich gezwungen hatte, einen solchen Zitteranfall bekommen, dass ich das elterliche Musikzimmer verwüstet, sämtliche Vasen zerbrochen, alle Noten auf dem Fußboden zerstreut, und das Glas in den Vitrinen zersplittert hatte.

Und so kam, was kommen musste. Die Musik, die ausübende Musik, das Klavierspielen, wie jedes Instrumentenspielen, war für mich vorbei, und mein stetiger Abstieg vollzog sich im selben Maße mit diesem Bach, wie der Boselsche Aufstieg mit

Bach erst eigentlich begann. Er stieg auf und ich bin abgestiegen. Der Bach hat uns auseinander gebracht.

Und ich dachte im Stehen, neben meiner Schwester an die Säule im *Intermezzo* gelehnt, ich müsste mir Schubert, diese wunderbare f-Moll Phantasie vorstellen, mir diese Klänge zurück ins Gedächtnis holen. Vielleicht, so hoffte ich, wie ich jetzt denke, würde ich den herandrängenden Anfall aufhalten können. Mit Schubert den Bach abzuwehren, dachte ich. Mir mit der ganzen Kraft des suggestiven Bewusstseins die Akkorde und Töne der f-Moll Phantasie von Schubert vorstellen, die ich gemeinsam mit Bosel gespielt hatte, mit der wir aufgetreten waren als Studenten, und jetzt auf diese Weise, dachte ich, den anmarschierenden Tönen des alles beherrschenden Bach zu entkommen. Dem Bach den Rücken zukehren, dachte ich, indem ich mich dem Schubert zuwende, müsste gelingen. Diesem Bach, an den mich auf einmal all die hier in diesem Nobelhotel herumstehenden, umherlaufenden, lächelnden Perückengesichter, seien sie nun aus Bayern oder nicht, erinnerten, an diesen Bach, der ja dereinst auch hier in dieser damals schon so genannten Kunststadt auf dem Cembalo gespielt hatte, im Wettstreit mit irgendeinem Hofkapellenmusiker, einem Vorahnen dieser heutigen Hofkapellianer, womöglich vor unser aller August, dem Kleinkönig, dachte ich.

Ich hielt mir die Ohren zu. Und da, leise zuerst, hörte ich die Schubert´schen Klänge, und ich sang vor mich hin im Rhythmus der ersten Takte der f-Moll Phantasie. *Ich hab gedacht, ja, ich hab gedacht* (sang ich), *wir könnten Freunde sein, doch der Bosel, und doch der Bosel, der war zu stark für mich*, und ich hatte die Vorstellung, wir säßen noch immer im alten holzgetäfelten Vorspielzimmer der Hochschule, der Bosel und ich. Ich vergaß, wo ich war und sang zu diesen Takten, laut, zu laut, bis einige in der Nähe Stehenden sich umwandten, und ihre Stirnen runzelten. Auch meine Schwester hatte sich umgedreht und den Finger vor den Mund gelegt. *Psssst*, machte sie. Doch ich wollte den Schubert nicht verlieren und sang weiter, auf solche Art meinen Anfall unterdrückend. Mit Schubert den Bach austreiben, dachte ich und freute mich.

Da plötzlich hörte ich meine Stimme einsam und als einzigen Laut im Raum, denn Bosel hatte aufgehört zu spielen. Er sah nicht zu mir, beachtete mich nicht, ließ die Arme hängen. Dann erhob er sich langsam und Applaus brandete auf. Keiner beachtete mich. Bravo, hörte ich den Kapellpilger rufen, er klatschte wie wild. Doch gleich darauf rief er, und nun wollen wir die Überraschung des Abends sehen!

Das könnt ihr, rief Bosel und schritt durch den Raum auf den Ausgang zu. Es dauerte nicht lange, da kam er wieder herein und mit ihm, an seinem Arm hängend, trippelte eine junge Frau in das *Intermezzo*, sie schoben sich, Arm in Arm, mitten durch die erstaunten Gäste, die zuerst eine Gasse und dann einen Halbkreis bildeten. Bosel machte einen graziösen Kratzfuß, ganz wie es sich in diesem Hause zu gehören schien, und rief dann: das ist sie, meine *neue* Frau, mit der ich seit genau drei Monaten verheiratet bin, Maria Garibaldi aus dem schönen Mailand.

Sie singt an der Skala flüsterte Laxberner dem Kapellenpilger ins Ohr; aber nur im Chor, ergänzte Rosensteyn grinsend. Wer an der Skala im Chor singt, sagte der Kapellenpilger, der kann bei uns erste Solistin werden. Ja, dachte ich, der ich diesen Dialog gehört hatte, in einer Stadt, in welcher der Kulturbürgermeister Kartenabreißer an der Münchner Oper gewesen sein soll, und einer der letzten Finanzdezernenten Kämmerer in einer zweitausend Seelen Gemeinde in Schleswig Holstein war, in einer Kunststadt wie Dresden, wo jeder Operndirektor werden kann, der Kulturjournalist bei einem Provinzblatt gewesen ist und die Chefdirigenten der bedeutendsten Stadtorchester andauernd ausgewechselt werden, wie die Fußballtrainer, wo die bedeutendsten Kulturämter mit Leuten besetzt werden, deren Namen so fremd klingen und an alles Mögliche erinnern und man sich nicht mehr auskennt, da freilich kann so eine, die Garibaldi heißt, ganz groß rauskommen, dachte ich.

Und die in Hellblau gewandete Garibaldi ging umher und gab jedem die Hand, auch meiner Schwester. *SSSehrrr errrfrrreut*, sagte sie und knickste artig. Oh, dieser Bosel, dachte ich, hat diesen Abend zum endgültigen Abschied von uns erwählt, dachte ich und beobachtete meine Schwester, die in sich zusammengesunken, wie gesagt wird, auf ihrem Platz hockte. So ein Herzchen bringt er uns hierher, dachte ich, seine zweite oder dritte oder soundsovielte Frau, denn ich wusste nicht, wie viele Male er und ob er schon je verheiratet gewesen war. Der grauhaarige Kritiker, der immer noch unerkannt, unbekannt und die Farben wechselnd im Hintergrund gesessen hatte, schrieb die Sensation mit spitzen Fingern in seinen Laptop, der Kapellenpilger und seine Schar waren aufgeregt und aus dem Häuschen, wie gesagt wird. Ein Abend nach ihrem Geschmack, das war sicher.

Da rief der Bosel laut, meine Frau und ich, wir wollen ihnen zum Abschied, ein Schubert Lied spielen, bitte setzen Sie sich, hören Sie, und er wirkte nüchtern und kein bisschen angetrunken.

Die Garibaldi singt, flüsterte der Kapellenpilger, *die Garibaldi singt*, eine echte Italienerin, murmelte es bis zu den Kellnern hin, eine von der Skala singt, verbreitete es sich in Windeseile im ganzen Hotel und das *Intermezzo* füllte sich bis auf den letzten antiken Polsterstuhl. Der Bosel und die Garibaldi, *welch buchenswertes Ereignis*, notierte der Kritiker in seinen Laptop und fühlte sich wie der Kellner Mager im Weimaer Hotel Elefant. Ein Flüstern war im Raum, ein Raunen. Dann wieder erwartungsvolle Stille, die Stille, die Bosel brauchte und ohne die er sich nicht konzentrieren konnte. Beide hielten die Augen geschlossen, die Garibaldi stehend, der Bosel sitzend. Dann ein leises Hüsteln - das Signal! Und Bosel spielte die ersten Takte. Es war das Ständchen aus dem Schwanengesang, das ich zum letzten Mal im Schönfelder Hochland vor zwanzig Jahren gehört hatte. Sie sang zu allem Unglück englisch. Eine Italienerin! *My songs beckon softly – trough the night to you*...zwitscherte sie und ihr Alt klang brüchig. Eine Chorsängerin, die bei Verdi nicht auffällt, im Gefangenenchor, dachte ich, und sah zu meiner Schwester, die immer noch zusammengesunken dagesessen hatte, jetzt aber bedenklich zu zittern begann. Sie zitterte beinahe wie ich, aber von den Schultern her, und allmählich erfasste dieses Zittern ihren ganzen Körper. Erst dachte ich, sie lachte, denn das wäre *im*

Ohrgesicht dieses Gänsegesanges (ich weigerte mich sie mit dem Schwanengesang in Verbindung zu bringen) noch denkbar gewesen. Bald aber merkte ich, dass sie weinte. Meine Schwester weint! Sie weint, dachte ich, und erinnerte mich, wie ich jetzt in diesem Moment denke, da an der Zellentür geschlossen wird, erinnerte mich an ihr letztes Weinen. Das war, als sie von Bosels Verschwinden erfahren hatte. Von seiner Flucht in die Welt. Und im selben Moment, das weiß ich noch, wie ich mich jetzt auf der Pritsche zuckend und schüttelnd erinnere, im Gleichklang mit diesem schwesterlichen Weinen, Zucken und Zittern, das zuerst leise, dann aber in ein *Creszendo chromatico* sich steigernd, von einem Wimmern zuerst, schließlich von einem Schreien begleitet wurde, einem Schreien, das alles, den Gesang der Boselschen Garibaldi übertönend, alles andere, jedes Geräusch in den Hintergrund treten ließ, einem Schreien, dass die Hotelangestellten zusammenrief, die glauben mussten, es erdröhnten die Brandsirenen. Und mit diesem schreienden Weinen, diesem *Crying over Bosel*, wie ich es nennen möchte, in geschwisterlicher Verbindung sozusagen mit diesem alles zusammenschreienden Gebrüll überfiel nun mich, alle Dämme der Beherrschung niederreißend, mein Zittern.

Es kam der Anfall! Und er war von enormer Stärke, der größten jemals von mir gemessenen Stärke, meine Hände, die ich nicht zu halten vermochte, flogen mitsamt den daran befindlichen Armen wie selbstständige Windmühlenflügel umher und rissen alles nieder, trafen Gäste und Personal gleichermaßen, sie schlugen auf unschuldiges Geschirr und

Essensreste ein, räumten leere, halbvolle und volle Gläser weg, rissen Stühle um.

Bosel und die Garibaldi waren längst verstummt und mit allen anderen nach draußen geflüchtet; und nur von den Ausgängen her, schauten ängstliche Augen zu mir und meiner Schwester, die inzwischen mit nassen Augen, aber verstummt am Tisch saß, während ich, allmählich erlahmend, nur noch Kleinigkeiten von den Tischen fegte.

Dann kamen eiligen Schrittes einige Männer in Weiß auf mich und meine Schwester zugerannt. Ich wurde gepackt, daran erinnere ich mich noch, und ich hörte die Worte, gleich wird es ihnen besser gehen, Sie armer Mensch, so wie mich jetzt, in diesem Augenblick solche Arme packen und ich gefragt werde, fühlen *wir* uns wieder besser oder wollen Sie noch bleiben, Sie Musikverirrter!